Ryuzaki Family
Children
「氷竜王と炎の退魔師②」

Chara

氷竜王と炎の退魔師②

犬飼のの

キャラ文庫

この作品はフィクションです。
実在の人物・団体・事件などにはいっさい関係ありません。

目次

口絵・本文イラスト／笠井あゆみ

静岡《しずおか》県沼津《ぬまづ》市の離島にある私立聖《セント》ラファエル学園は、恋島《こいじま》寮という名の巨大な学生寮を持つ男子校だ。

中学と高校の一貫教育で、ミッションスクールでありながら進学校でもある。

——海水プールもいいけど、海に出たい。沼津港の底に……光が届く限界まで深く沈み込みたい。魚たちと一緒に泳いで、なーんにも考えずに漂って……。

恐竜の遺伝子を持つ竜人、竜嵜慈雨《りゅうざきじう》は、学校の海水プールで毎日海水浴ができる日々に慣れ、さらなる欲望をふくらませていた。

海水プールは寮の窓から見えるので、常に人間的に振る舞わなくてはならず、潜る時間は一分以内と決めている。本当は何時間でも潜っていられる水棲《すいせい》竜人寄りの慈雨にとって、人目を気にして泳ぐのはいささか物足りないものだった。

「竜嵜、朝から元気だな。今日は俺も外で泳ぐぜ」

そうはいっても海水に浸《つ》かれるだけ最高だよなぁ……と自分にいい聞かせていると、クラスメイトの夜神咲也《やがみさくや》が声をかけてくる。

これまで屋内プールを利用することはあっても屋外の海水プールには来たことがない夜神は、学園内ではめずらしい茶髪ロングの髪を一つに縛り、海パン姿で朝日を背負っていた。

「嘘《うそ》……なんでいんの？」

「今日は暑いし、いけると思って」

「やめとけよ、まだ五月だぜ。水メチャクチャ冷たいから」

「四月から毎日入ってるお前にいわれたくねーし」

「いや俺は……ほんと特殊なんだよ、寒いの強いの、マジで」

なにしろ人間じゃありませんから――とはいえないが、慈雨は本気で夜神を止める。

心臓麻痺《まひ》を起こして死なれたら困るので、「とりま足だけ浸けてみ、泳ぐ気なくすから」と提案した。

夜神も馬鹿ではないのでいきなり飛び込むような真似《まね》はせず、プールサイドに座り、「どれどれ」と足を浸ける。

途端に「ひゃっこい！」と声を上げ、すぐに足を引いた。

「ほら、いった通りだろ？」

「いや、っていうか……お前、なんで泳げんの？」

「体質体質。血の代わりに不凍液でも流れてんのかも」

「冗談抜きでそう思えてきた」

「その分、暑いのが苦手でさ」

「今年の夏も暑くて長くなるらしいぜ」

「あー……最近、秋がなくなってるもんな……最悪」

慈雨は顔を出したまま泳ぎながら、やがて来る夏を想《おも》う。

いくら暑くても海水温はそれなりに低いので心配していないが、夏は今以上に海水に浸かる時間が増えるだろう。

それは毎年同じことだが、ここは春までいた竜人の学校——竜泉《りゅうせん》学院とはわけが違うので、今年は人目を気にする夏になりそうだ。

「慈雨くーん」

プールサイドの夜神と雑談しながら泳いでいると、さらに来訪者がやって来る。

一学年上で副寮監の真面目メガネ……村上麗司《むらかみれいじ》だった。

夜神と違って背が低く華奢《きゃしゃ》で、シルエット的には慈雨の双子《ふたご》の弟の倖《こう》に似ている。

しかも慈雨の名前を呼び捨てにせず、「慈雨くん」と……倖と同じ呼び方をしてくるため、特に親しみを感じる先輩だ。

「村上さん、どうしたんですか？　プールに来るなんてめずらしいですね」

「ちょっと運動不足だからひと泳ぎしようと思って。実は泳ぐの好きなんだ」

村上がそういうと、夜神が「屋外プールはやめたほうがいいっすよ。氷水みたいに冷たくて、普通の人間は泳げません。コイツ異常ですっ」とあわてて止めた。

村上はうんうんとうなずき、「慈雨くんの泳ぎを見に来ただけだよ」と笑う。

メガネをかけたままなのが気になった慈雨は、「泳ぐときメガネどうするんですか？」と、なんとなく訊《き》いてみた。

「もちろん外すよ。ゴーグルに度が入ってるから大丈夫」

「ああ、なるほど。視力低い人はそういうの使うんですね」

「結構悪いから不便なんだよね」といいながら、村上はメガネを外してみせた。

それによって現れた素顔に、慈雨も夜神も見入ってしまう。

地味な少年がメガネを外したら美少年だった——という漫画のキャラクターのような村上に、慈雨も夜神も「可愛《かわい》い！」と同時に叫んでいた。

「……え？」

「やべぇ、超可愛いじゃん」

「村上さん、そんな可愛い顔してたんですねっ」

「びっくりなんすけど、そのメガネ変装用ですか？　なんか隠してるんですかっ⁉」

「ええええ……そんな、可愛いなんていわれたことないよ」

「嘘だぁ」

またしても声を合わせた慈雨と夜神の間で、村上は照れくさそうに笑う。

メガネをかけていると村上という地味な苗字《みようじ》が似合う雰囲気だが……メガネを取ると、麗司という名前がぴったりの美少年ぶりに、二人ともおどろくしかなかった。

日本的な顔なので派手なタイプではないものの、品のよい鼻に柳のような眉、白い肌に薄桃色の頬、黒目がちな目がパッチリとしていて、絵に描いたように可愛いのだ。

「村上さん、コンタクトにすればいいのに……もったいないですよ」

「うんうん、ほんとに。せっかくの美貌がもったいないっすよ」

慈雨は水の中から、夜神はプールサイドで身を乗りだして村上の顔を覗《のぞ》き込む。

ますます照れた村上は、「美貌とかいう言葉は、ルカさんレベルの美形じゃないと使っちゃ駄目だよ」と遠慮した。確かに……誰もが認める学園一の美形、是永《これなが》ルカとは比べられないが、タイプが違うというだけで、村上が可愛いのはまぎれもない事実だ。

――俺のこと慈雨くんって呼ぶし、ちょっとだけ……倖ちゃんに似てるかも……。

元々好感を持っていた村上が、弟の倖に似ていると感じた途端、慈雨の中で村上の好感度がさらに上がる。謙虚なところも好印象で、ギューンと音を立てて急上昇した。

「あ、ルカさんといえば……さっき洗濯してたよ、ランドリールームで」

「――え？　今日は洗濯の日じゃないのに？」

「なんかコーヒーこぼしたとかいってた」

「マジですか……手伝わなきゃ」

ルームメイトのルカと洗濯の日を合わせている慈雨は、あわててプールから出る。

連休前にひと騒動あって右上腕を銃で撃たれたルカは、洗濯物を干すにも苦労する身だ。

手伝わなければと思うと、髪や体についた水気を一瞬で払いたいところだった。人目があるのでそういった竜人としての能力は使えないが、気持ちのうえでは、それくらい急いで水を切る。

「手伝い？　あ、そっか……ルカさん怪我《けが》したんだもんね」

「そうなんです。肩を上げると痛いみたいなんで、手伝いに行ってきます！」

村上にそういうと、夜神が「ラブラブだなぁ」と茶化してくる。

まだルカと付き合ってはいないものの、心の中では通じ合っている慈雨は、「まあな！」と答えてプールを去った。

十階にある部屋に戻ると、ルカが富士山《ふじさん》の見えるベランダで洗濯物を干していた。

ちょうど干し始めたところだったので、慈雨は「セーフ」とつぶやきながら駆けだす。

「先輩！　独りで無理しちゃ駄目ですよ！」

「あ、慈雨……早かったな。ジャージにコーヒーこぼしちゃって」

「だからって全部洗ったんですか？」

「うん、ついでだし、明日洗う予定のものも全部」

「俺がいないときに無理して干さないでください。はい、どいてどいて」

慈雨はルカの場所を取り、「ここ座って！」と彼をアイアンの椅子に座らせる。

腕を上げるとまだ痛むルカには、洗濯物を渡す係だけを任せた。

「なんか悪いな、今日は俺のものだけなのに」

「悪いと思うなら俺が戻るの待っててくださいよ……ったくもう」

「そんなに心配しなくても大丈夫だよ」

ルカは渡す前に洗濯物をピンピンと引き伸ばし、なかなかの強さでしわを取る。

その手つきは怪我以前と変わらず、普通に力を入れられるようだった。

「確かにだいぶよくなりましたね。もう痛くないですか？」

「うん、これくらい動いても痛くない。学校が始まる前に治ってよかったよ」

「治ったはいいすぎですけど、よくなってよかったです」

「慈雨が労《いたわ》ってくれるおかげだよ」

「先輩……」

朝の光を受けながら、慈雨は美しいルカを見つめて頬を染める。

金髪碧眼《へきがん》で小麦系の肌色を持つ自分とは違い、ルカはアジアンビューティーの体現者だ。

艶々の黒髪に、神秘的な黒い瞳、真珠と絹で出来ているかのように滑らかな白い肌……一本たりとも無駄のない完璧な形の眉、真っ直《ます》ぐで潔い鼻筋に、気品のある口元。そのうえ抜群にスタイルがよく、背が高くて脚が長い。

今のところまだ一六五センチしかない慈雨よりも二〇センチほど高く、腰かけていても長軀《ちょうく》なのがよくわかった。

見慣れた今でもふとした瞬間に見惚《みと》れてしまうほどの美男で、初めて会ったときは大天使かなにかだと……少なくとも一般人ではなく、芸能人に違いないと思ったくらいだ。

「先輩、遂に連休が終わりますけど……やっぱりまだ付き合えないんですか？　俺……先輩とそういう関係になりたいんですけど」

「付き合ったら部屋替えだから」

交際を求めると、いつもと同じ答えがやれやれという調子で返ってくる。

聖ラファエル学園は、ミッションスクールとはいえ同性愛禁止ではないのだが……学校施設内での性行為は禁じられていた。

つまり、カップルになったら同じ部屋ではいられない。

それは二人を分かつ絶対的なルールだ。

ルカは「慈雨と同じ部屋でいたいから」と交際を断り、逸《はや》る慈雨の恋心を躱《かわ》している。

優しげな美声で、「もう少し我慢しよう」などといわれると、口が勝手に「はい」と答えてしまうが、慈雨の中には葛藤があった。

慈雨としては、誰にも内緒で恋人同士になり同室のままでいる——という手もありで、恋のためなら学校のルールを破っても構わないと思っている。

副寮監を務めているうえに真面目なルカには耐えられないだろうが、それなら正直に交際を公表し、部屋替えの憂き目にあっても構わない。

最優先事項は、ルカと恋人同士になることだ。

今日もニコニコと笑顔で躱され、「洗濯物ありがとう」と礼をいわれて終わる。

「いえ、全然……」

慈雨はこの連休中、毎日必ず「先輩、付き合いましょう」と説得を試みていたが、一応それなりに配慮はしていて、しつこくならないよう一日一回までと決めていた。

今日は朝の段階でいってしまったので、このあとはもういえない。

授業が始まって忙しくなったら、ますます見込みがなさそうだ。

――お互い好きって告白し合って、ちゃんとキスもして……それでも恋人じゃないって意味わかんねーよ。

キスはしたのだ。事故のようなものが一回、きちんとしたものが一回。

いずれも浅いキスだが、二回目はまぎれもなく恋情の籠もったキスだった。

人間ではないこともすでに知られているし、身内に反対されているわけでもなく、種族的な違いは問題ない。

ただ、ルカいわく、付き合うには「付き合おう」「はい」というやり取りが必須だそうで、断られている今はキス済みの仲のよい先輩後輩……あるいはルームメイトにすぎないのだ。

慈雨としてはディープなキスをしたかったし、それ以上のこともしたかった。

部屋替えは確かにいやでさみしいけれど、やはり最優先事項は変わらない。

――だけどこういうことは急いじゃダメなんだよな。先輩の性格からして、がっつくと引いちゃう気がするし……けど、キスくらい……せめて自然にチュッとか……。

洗濯物をすべて干し終えた慈雨は、椅子から立ち上がるルカの動作を追う。

上手《うま》く掠《かす》めるようにキスができないかと狙ったが、ルカの所作に隙などなくて、ふっくらと瑞々《みずみず》しい唇は、あっという間に二十センチ高いところまで行ってしまった。

《一》

恋島寮では、ホテル時代にレストランだった場所が食堂になっていて、通常はビュッフェスタイルの朝食と夕食が提供される。

基本は和食と洋食だが、稀《まれ》に中華やエスニック料理が並ぶこともあった。

沼津港で水揚げされた新鮮な海産物が当たり前に出されるので、ビュッフェは食べ盛りの生徒たちに人気が高く、食事の時間は日々のたのしみになっている。

ただし人の少ない連休中はビュッフェが休みで、代わりに仕出し弁当が配られた。

ゴールデンウィーク最終日の今日は、仕出し弁当も最終日だ。

少々味気ないそれを部屋に持っていって食べる生徒もいるにはいるが、大抵は友人と一緒にテーブルに着き、普段と同じように雑談しながら食べている。

学園のエクソシストと名高い霊能力者……是永ルカの周りには人が絶えず、寮監の笠原《かさはら》や、副寮監の村上を始めとして、多くの生徒が集まっていた。

ほとんどはルカと同じ五年生で、慈雨は数少ない下級生の一人だ。

「ルカ、慈雨、昼飯のあとみんなでカラオケ行くんだけど、どう?」

やや長めの茶髪をカチューシャで押さえているうえに、眉間から鼻が高いせいでなんとなくライオンに似て見える笠原が、割り箸を手にしながらいった。

ルカは普通に受け止めてどうしようかなという顔をしていたが、慈雨には話が見えない。

カラオケボックスなら竜泉学院時代に行ったことがあるが、ここは離島にある学校だ。元ラグジュアリーホテルなのでジムやらプールやら充実しているものの、さすがにカラオケボックスはない。

「カラオケって、本土に行くってことですか?」

「いやいやまさか、寮の中。簡易カラオケボックス」

笠原がそういうと、隣にいた村上が「多目的ホールを借りるんだよ」と補足する。

「多目的ホール……ああ、地下にあったような?」

「そうそう。教室くらいの広さがあって、前のほうは教壇みたいに高くなってるんだ。そこをステージにして歌うってわけ」

なるほどと納得した慈雨は、隣に座っているルカの顔を見る。

参加はルカ次第と思っていると、ルカは「行こうかな」とほがらかに笑った。

その瞬間、慈雨も参加決定になる。

ルカの歌は時々聞いているが、だいたいは鼻歌で、この学校で歌われている聖歌だ。

普通の歌を、マイクを通して聞けると思うと俄然《がぜん》テンションが上がる。

「俺も、いいですか？」

「もちろん」と笠原にいわれ、慈雨はパッと笑顔になる。

そのすぐあとに「六年生も何人かいるから、マイク独占しないようにな」とささやかれた。

「六年生も？」

「推薦がほぼ決まってる人とか、受験の息抜きしたい人とか、交ざりたいんだってさ」

慈雨は「はーい」と返事をして、仕出し弁当を平らげる。

想像よりも大人数なのかもと思いながら、同じテーブルの面々と一緒に食堂を出た。

エレベーターホールに向かい、一階から地下に下りる。

地下の大部分はランドリールームで、廊下の奥に多目的ホールがあった。

これまではいつも暗かったので存在をあまり認識していなかったが、今は照明が点《つ》いている。

広さは本当に教室くらいだった。地下なので窓がない。

床面の一部が二十センチくらい高くなっていて、ステージのように見えた。

防音室ではなさそうだが、地下なのでカラオケOKなのだろう。

先に来ていた四年生三人がマイクのコードを伸ばしながら音量調節を行い、「あーあー」と声を出してテストしていた。

「準備ありがとな」と笠原が声をかけると、三人はぺこぺこと頭を下げる。

「椅子は二十あれば足りますよね?」

「足りる足りる、今んとこ十六人」

「よかったです、一応二十脚並べておきました」

笠原に続いてぞろぞろと全員が入室し、照明が限界まで絞られた。

ステージだけは明るく、スポットライトで照らされている。

あの光の中で歌うのかと思うとわくわくして、慈雨は順番が待ちきれない気持ちになった。

歌うのも踊るのも得意なので恥ずかしさなどなかったが、一緒に来た四年生の一人が「無理、こんなん恥ずかしくて歌えん」とつぶやくのを聞いて、そういう感覚もあるんだなぁと初めて知る。

ステージの上にはスタンドマイクが二つ用意され、その前にはモニターとプロジェクターが置かれていた。

笠原は六年生に「お先にどうぞ」と勧めたが、六年生たちは「いやぁ」「トップバッターは恥ずかしいし」と断り、そのうえ「四年生に歌わせたら?」といってくる。

慈雨はその言葉に飛びついて、「じゃあ俺、行きます!」と手を上げた。

満場一致で「おおー」と拍手が起こり、慈雨はステージに駆け上がる。

選曲コントローラーで曲を選ぶと、自分の中でスイッチが入るのがわかった。

十五人がコの字になって自分を取り囲んでいたが、慈雨の視線が向かうのはルカ一人だ。

この一曲をルカに捧《ささ》げるつもりで、スタンドマイクを握る。

「昨年のヒット曲『アイノウタ』、歌います」

曲名が表示される前にタイトルを告げると、よりいっそう大きな拍手が起こった。

「いいぞー、慈雨！」と声が上がり、誰かが口笛を吹く。

暗がりの中に座るルカを見つめながら、慈雨は前奏なしで始まる『アイノウタ』のサビを、声高らかに歌いだした。

その瞬間、明らかに空気が変わる。

えっ……と息を呑《の》む音が十五人分、まとめて聞こえてくるようだった。

慈雨の歌声に、ルカを始め笠原も村上も、他の五年生も四年生も、そしてめずらしく一緒にいる六年生も、一様におどろいて度肝を抜かれている。

──あー……最高、これだよ、これ！　気持ちいい！

自分が歌うと、周囲が息を呑んで感嘆するのがお約束だった。

竜泉学院にいたときは、竜王の息子として王子様扱いされていたので半分よいしょだろうと思うと面白くなかったけれど、ここで受ける感嘆は混じりけのないものだ。

聖ラファエル学園にいる今の自分は、何者でもないただの一般生徒。

ここにいる誰も、無理して褒める必要がない。

おどろいたような顔をされるのも、食い入るように見つめられるのも歓迎だ。

返ってくる反応は全部本物だと思うと、なにもかもが気持ちいい。

――ルカ先輩……聴いてます？　アイノウタ、先輩に向けて歌ってるんですよ！

君のことが好きすぎて、気になりすぎて、僕はもうストーカー寸前です……という歌詞を、慈雨は感情を込めて歌う。

好きだといいながらも交際は断るルカに、「僕を独り占めしたいって思わないの？」という歌詞をぶつけた。

ルカは白いジャージ姿で、誰よりも姿勢よく座りながら神妙な顔をしている。

自分に向けて歌われているのを、わかっている顔だった。

やや困り顔にも見える。露骨なアピールに、やれやれと呆《あき》れているのかもしれない。

――付き合わないと進展しないし、俺は……先輩と当たり前のようにキスがしたい！　それ以上のことだって、したいに決まってるのに！

ルカへの想いを込めて最後まで歌い上げた慈雨に、盛大な拍手が送られる。

口笛も称賛の声も聞こえてきて、心臓が一気に爆《は》ぜるようだった。

やはり歌うのは気持ちがいい。

何者でもない自分として褒められるのは、最高に気分がいい。

「すごいな慈雨！　歌唱力ハンパない！」

「マジですげー、慈雨がこんなに歌上手かったなんて！」

席に戻ると、興奮気味の先輩たちに褒められた。

ルカからも、「上手くてびっくりした」と感心される。

つい先ほどまで、やれやれという顔で見ていたくせにと思うと少し憎らしかったが、慈雨は「いいとこ見せられました？」と明るく返した。

「うん、プロの歌手みたいだった」

「ほんとに？　じゃあ将来は歌手目指そうかな、アイドルとか」

慈雨が冗談でいうと、ルカは「それなら俺はマネージャーになる。慈雨の、付き人兼マネージャーに」と笑う。

「先輩……」

冗談にしてもなんにしても、二人が一緒にいる未来を語ってくれたのがうれしくて、慈雨はルカのほほ笑みにのぼせ上がる。

そんな自分を単純だとは思ったが、制御できないよろこびがふつふつと沸き上がるのだからどうしようもない。

カラオケの順番は笠原が仕切り、「次は六年生どうぞ」といったが、六年生は「このあとに歌うのつらい」といやがり、五年生が歌うことになった。

「慈雨のあとはきついけど、歌いまーす」と笠原が歌う。

謙遜しつつも、笠原も十分に上手いほうだった。

そのあとは次々と順番が決まり、簡易カラオケボックスは程よく盛り上がる。

プロジェクターに表示される歌詞を見ながら、慈雨も一緒になって歌った。

六年生と五年生が歌い終わり、ルカに順番が回ってくる。

ルカは「四年生が先でいいよ」と遠慮したが、「いいからいいから」と周囲に押しだされてステージに上がった。

――先輩、歌も上手いんだよな……聖歌しか聞いたことないけど……。

ルカの選曲が気になって見ていると、スクリーンに『恋曜日』と表示される。

慈雨が歌った『アイノウタ』と同じく、昨年のヒット曲だ。

タイトルは漢字でも歌詞の大半が英語なので、歌い込んでいないと難しい。

それを難なく……ネイティブ並みの発音で歌うルカの姿に、慈雨の興奮は止まらなくなる。

声がいいのは周知の事実だが、歌も上手かったのだ。しかも歌声に妙な色気がある。

恋に落ちるとかハートを射貫《いぬ》かれるというのは、こういう瞬間のことだと思った。

胸の真ん中辺りで、心臓がトクンと鳴るのがわかる。

歌う姿が様になっていて、「もう君しか見えない」という歌詞がキューピッドの矢のように胸に刺さった。

現実の恋愛感情はそこまで行ってないだろ……と不満な顔をしたくなるけれど、ルカが恋の歌を歌っているのは事実だ。

ルカの視線はモニターから離れないが、きっと自分に向かって歌っている。

ヒューヒューッと口笛や拍手が飛び交い、ルカは笑顔でステージを下りた。

隣の席に戻ってきたルカに、慈雨はなんと声をかけていいかわからなくなる。

周囲に誰もいなかったら「今のって俺に向けたものですよね?」と飛びついて訊きたいが、人目が多くて自由に発言できなかった。

「先輩、歌すごく上手いですね、知ってたけど」

「そう? ありがとう、慈雨に褒められると照れるな」

「いやほんと、英語歌詞とかネイティブ並みで」

「マジで? それすごいうれしい」

にっこりと笑顔を返され、見慣れた表情なのに胸が弾む。

口にしなかった「今のって俺に向けたものですよね?」という問いに対して肯定的な答えが返ってきた気がした。歌詞通り、「もう君しか見えない」といわれたようで……本当は違うとわかっていながらも心ときめく。

そうこうしているうちに一周して順番が回ってきたので、慈雨はまた恋の歌を選曲した。

二曲目でも歌いだしから周囲を圧倒させる歌唱力を見せつけ、モニターはほとんど見ずに、ルカに向かって恋心を歌う。

——あー……ほんっと、気持ちいー!

秘密にしなければいけない恋心を、マイクを通して大きな声で語れるのがうれしかった。

竜王の息子だからではなく、何者でもない自分として褒められるのが誇らしい。

ふたつのよろこびが一緒くたに訪れるのが最高で、簡易カラオケボックスにハマってしまいそうだった。


連休明け、大抵の事件がそうであるように、事件はいきなり起きた。

うつらうつらと眠たい午後に、眠気を吹き飛ばすニュースが飛び込んできたのだ。

「ルカ先輩が、六年生に告られてた？」

クラスメイトで隣の席の夜神咲也の言葉を、慈雨はそのまま鸚鵡《おうむ》返しにする。

ほぼ同時に噂《うわさ》が広がっていた。

情報の出どころは夜神だけではないらしい。

告白現場の目撃者は何人もいて、あちこちで「ルカ先輩が⁉」と声が上がる。

「そう、そうなんだよ。普通なら無謀だろって思うとこなんだけど、今回はそうでもなくて」

「そうでもないってどういう意味だよ」

「わりとお似合いっていうか、まあ……なくはないかな、みたいな？」

茶髪ロングの夜神は、「蜂須賀《はちすが》さんて六年、知ってる？　知らないよな？」と訊いてきた。

夜神は慈雨のシャープペンシルを手に取り、宗教倫理のノートの端っこに『蜂須賀要』と、ほどほど汚い文字で書く。

慈雨が「かなめ？　よう？」と訊くと、夜神は「かなめ。元合唱部とバレー部」と答えた。

蜂須賀要——第一印象、夜神の字の汚さに反して恰好《かっこう》いい名前だなと思った。

ルカに告白する不届きな上級生だが、名前は文句なしに立派だ。

「名前通りの美少年ってことか」

「いや違う、そうじゃない。たぶんルカ先輩よりちょっと大きい」

「……は？　一八五センチ以上？」

「そう、つまりなんというか……ハンサムで、男っぽい感じ」

「——っ、そういうタイプも迫ってくるのか」

「ルカ様どっちにも人気だからなー」

ルカのことをルカ先輩と呼んだりルカ様と呼んだりする夜神は、「あの美貌ならしかたない。誰からもモテるっしょ」と自分の言葉にうなずいた。

「ルカ様が告られるなんてそうめずらしいことじゃないんだけど、今回は特別。蜂須賀さんもさ、長身でスタイルよくてイケメンでモテるタイプだし、どちらかというと告られる側なんだよ。まさかルカ様狙いとは誰も思ってなかったっていうか」

夜神は「いやマジびっくりした」と大袈裟《おおげさ》にいう。

ルカがモテるのは当たり前なので、たとえどんなタイプにモテようと構わない慈雨だったが、告られたと聞くと気に入らない。

告る……告白するという行為には、もしかしたら上手くいくかもしれないという期待が籠められているように感じるからだ。

実行されるということは、ルカが安く見られているということになる。

好きだと告げるだけで、手に入るかもしれない——そんなふうに見られているとしたらものすごく気に入らない。

もちろん中には「気持ちを伝えたいだけ」「ダメ元で期待はしてない」という輩《やから》もいるかもしれないが、慈雨には信じられない。なんだかんだといいつつも、頭のどこかでほんの少しは恋愛成就への期待がある気がするのだ。

「蜂須賀さん、成績もよくて品行方正でさ……噂によると推薦ほぼ決まってるらしいんだよな。受験しても普通に受かりそうな人だし、余裕あるのかも」

「時間的余裕？」

「それと精神的にも」

「大人だし？」

「そう、何月生まれか知らないけど、誕生日によっては十八超えてるじゃん？　大人の魅力でルカ様を……いや、でもルカ様ダブってるからな、年齢的には一緒か」

「ダブってるっていうな、小学生のときの話だろ」

「いずれにしてもダブってるだろ」

夜神のダブり発言が引っかかる慈雨だったが、今はそれどころではなかった。

もちろんルカが断ったのは大前提として、どう断ったのか気になってしかたがない。

他に好きな子がいるので——と、いってくれただろうか。それとも無難に、「すみません、お気持ちはありがたいんですが……」と謝って終わりだろうか。

「その人、ルカ先輩とお似合いっていったよな？」

「……ん？　うん、わりとお似合いだったな。長身同士並んで絵になるっていうか、もちろんルカ様レベルの美形ってわけじゃないけど、結構いい感じに見えたかも」

告白現場を目撃した夜神の感想に、慈雨の胸はめらめらと燃える。

ルカが手のひらから放つ退魔の青い炎が、今は自分の中にあるようだった。

俺のものに手を出しやがって——そんな思いが芽生える。腹立たしい。

付き合っていないのだから正確にはまだ自分のものではないけれど、相思相愛なのは確定している今、横からつつかれるのは不愉快だ。

ましてやルカより長身で絵になるなどといわれると、うらやましくて嫉妬心が止まらない。

慈雨だって本当は……一九〇センチある父親の可畏《かい》と同じくらいの長身になって、いかにも男らしい見た目でルカの隣に立ちたいのだ。

二人きりのときには肩に手を回し、ルカを包み込むように抱き寄せたい。

――ああ、ムカつく。そういうタイプに出しゃばられるのは、美少年に出しゃばられるよりずっとムカつく。

とりあえず蜂須賀という六年生にどう断ったのか気になり、これからのことを考えた。

今は五時限目と六時限目の間の休み時間で、そろそろチャイムが鳴るだろう。

動けるのは放課後だ。

今日は泳ぐのを後回しにして寮に戻り、ルカに詰め寄ろう。

いやしかし、「告白されたって本当ですか⁉」と飛びつくのは子供っぽいだろうか。

いっそのことルカではなく蜂須賀要に向かって、「先輩はなんて答えました？」と訊けたらいいのに。

そんなことを思っていると、誰かが「あ、噂をすれば蜂須賀先輩っ」と声を上げる。

バルコニーにいたクラスメイトの声に、慈雨は反射的に立ち上がった。

開けっ放しの掃きだし窓から飛びだして、校庭を見下ろす。

仲がよいわけでもないクラスメイトに、「どれ？　どれが蜂須賀先輩⁉」と訊いてみた。

彼はおどろきつつも、「あそこの背の高い人」と指を差して教えてくれたが、慈雨はそれを聞く前に蜂須賀要を認識する。

校庭には六年生と思われる生徒が二十人ほどいたが、蜂須賀は明らかに目立っていた。

一段と背が高く、脚が長く、頭が小さくてスタイルがいいからだ。

不細工なら不細工で「この身のほど知らずが」とムカつくのだろうが、いい男なのもやはりムカつき、慈雨はチッと舌を打った。

「俺ちょっと行ってくる」

いったん教室に戻って夜神に声をかけ、廊下に飛びだす。

「おい待てよ」と止められたが、後先のことはあまり考えなかった。

六時限目の授業がなんであるかも忘れてしまい、蜂須賀を追いかける。

マリア像が置かれた階段広場から一階まで駆け下り、下駄箱に向かった。

大急ぎで外履きに履き替えて校庭に出る。

蜂須賀がいた場所できょろきょろしてみるが、彼の姿は見えなくなっていた。

おそらくもう移動してしまったのだろう。

——顔……見てやろうと思ったのに。ルカ先輩に告る身のほど知らずの顔を！

またしても舌打ちして踵《きびす》を返すと、目の前に大きなシルエットが立ち塞がる。

下駄箱を背にして立っていたのは、蜂須賀要だった。

舌打ちしたそのままの顔で固まった慈雨は、眉を引き攣《つ》らせながら笑う。

予想外の展開に笑うしかなかったのだが、蜂須賀は妙に緊張感のある顔をしていた。

「竜寄くん」

六年生にもかかわらず、彼はなぜかくん付けで呼んでくる。

自分の苗字を知っているだけでも不思議だったので、慈雨はどんな顔をしていいかわからず「はい」と答えながらも顔をしかめた。

蜂須賀は噂通りハンサムで、本当にルカよりも背が高く、堂々とした佇《たたず》まいの青年だった。

一目見て、将来出世しそうなタイプだな……と、思いたくないが思わされる。

「もうすぐ六限目が始まるだろう？　こんなところにいて大丈夫？」

「……あ、はい、サボります」

「サボるんだ……もしかして体調が悪いとか？」

「いえ、元気だけどサボります。先輩は五限目で終わりですか？」

「ああ、急に自習になって。帰ってもいいことになったんだ」

顔立ちにも話し方にも品があり、いかにもミッションスクールのお坊ちゃんという雰囲気の蜂須賀に、慈雨はライバル心を剝《む》きだしにして「俺の名前、知ってるんですね」と訊く。

こちらがライバルとして意識したように、向こうも自分を意識したのかもしれない……そう思った。だから苗字を知っていたのだろう。

「うん、知ってるよ。竜寄慈雨くん」

「俺はルカ先輩のルームメイトで、四年生です。先輩とは仲よくさせてもらってます」

仲よく――を強調して内心牙をむく慈雨に、蜂須賀は「それも知ってる」と苦笑した。

そうかと思うと一歩距離を詰めてきて、「俺は六年の蜂須賀要」と名乗る。

ハキハキとした話し方だったが、やはりどこか緊張感があった。

「本当は今日いうつもりじゃなかったんだけど、ここで偶然会ったのも運命だ」

蜂須賀は胸に手を当てて、見た目にもわかるくらい大きく息を吸う。

宣戦布告をされる気がした。

「ルカに告白した」と、そういわれるに違いないと思った。

「――僕は、その……君のことが好きで、明日の昼休みに、君に告白するつもりだったんだ」

蜂須賀の言葉は聞き取りやすく、するすると耳に入ってくる。

その一方で、なにをいわれているのかしばらく理解できなかった。

話がこんがらかって意味不明で、「はい？」と不快げな返事を返してしまう。

蜂須賀が好きなのは自分で、ルカではなくて……でも今日の昼休みにはルカに告白していて、明日は自分に告白する予定だった――つまりルカに振られたから一日で乗り換えるということなのだろうか。

「今日、ルカ先輩に告って振られたからですか？」

なんて失礼な奴《やつ》なんだ――と腹を立てながら訊くと、「違う違う」とあわてて否定される。

蜂須賀は慈雨の思考を察した様子で、「是永と今日話したのは、君との関係を訊いただけ。仲よさそうだし、付き合ってるのかなと思ったから」と弁解した。

ええ、付き合ってますよ——といい返したいところだが事実でないことはいえない慈雨に、蜂須賀は「付き合ってませんってハッキリいってたから、それなら明日、君に告白しようって思ったんだ」と丁寧に事情を話す。

「——え？」

その瞬間、慈雨は突然現れた穴に落とされたような心地がした。

音もなく体が闇に吸い込まれて、どこまでも落ちていくようだった。

ルカは蜂須賀に自分との関係を訊かれ、「付き合ってません」と答えたのだ。

それは確かに事実だけれど……付き合っているかいないかのどちらかでいえば、付き合っていないが正解に違いないけれど、突然現れた恋のライバルに対して、「付き合ってません」と答えたんだと思うとショックだった。

他にもいいようはあるはずだ。「これから付き合うつもりです」とか、「付き合ってないけど相思相愛です」とか……もしも自分が訊かれた立場なら、そんなふうに答えるだろう。

嘘はつかないけれど、どうにかして相手の心を折るはずだ。

ライバルに、明日告白しよう——なんて思わせる答えは、絶対いわない。

「竜寄くん、もしよかったら付き合ってくれないか？　もちろんいきなり交際とかじゃなくていいんだ。まずは友だちから……先輩後輩としてしばらく一緒にすごしてみて、検討してくれないかな？」

うれしそうに、そしてどことなく恥ずかしそうに申し出る蜂須賀の前で、慈雨は心だけ穴に落ちたまま呆然《ぼうぜん》としていた。

誰が誰を好きで、なにがどうなっているのかは理解できたけれど……ルカのつれない返事を思うと一ミリも浮上できない。

五月のさわやかな青空の下、自分だけ真っ暗闇だ。

相思相愛ではあるものの、恋心の差を感じる。

ルカは、自分をそれほど好きじゃない――。

「いいですよ、とりあえずお試しで……」

ルカに対する苛立《いらだ》ちを抱えたまま、「一週間とか」と期限をつけ加えた。

早速いやだなと思う。

いちいち試すまでもなく、ルカ以外の誰かとつるむ気にはなれない。

蜂須賀は大よろこびしているようで、「ありがとう」と声を弾ませた。

「元々は一目惚れだったんだけど……昨日のカラオケで完全に参っちゃって」と、照れながらいってくる。

そういわれてみると、どこかで会ったような気がしなくもないな――と思った慈雨だったが、記憶を掘り起こしてもよく思いだせない。歌が上手くて大柄な六年生がいた気はするものの、暗かったこともあり、ルカ以外の顔はへのへのもへじだった。

蜂須賀が好きなのは、ルカではなく慈雨らしい——という噂は、その日のうちに広まった。

慈雨がルカと離れ、蜂須賀と二人で夕食を摂《と》ったからだ。

ルカに対して怒っていた慈雨は、あえて蜂須賀に愛想よく振る舞った。

ルカに嫉妬してほしかったし反省もしてほしくて、「先輩」「先輩」と人懐こく呼んで、蜂須賀に好意を持っているように見せかけた。

事情を知らない蜂須賀はうれしくてたまらない様子で、時々頬を染めている。

そんな顔を見ると罪悪感を覚えなくもなかったが、慈雨としては、あくまでも仲のいい先輩後輩という範囲の中で蜂須賀との距離を縮めた。

演じることに違和感はあったものの、相手がルカだと思い込むと上手くやれた。

蜂須賀に興味のある振りをして、「先輩はどこの出身なんですか?」と訊いたり、血液型を訊いてみたり、「合唱部ってどんな感じなんですか?」と、どうでもいいことを訊く。

東京都港区《とうきょうとみなと》出身の蜂須賀はA型だそうで、美味《おい》しいビュッフェスタイルの夕食を摂りながら、なんでも感じよく答えた。

もちろん慈雨に対して興味を示し、「慈雨は?」と訊き返してくる。

「俺は多摩区出身です。血液型は不明」

「え、不明なんだ？」

「はい、血液型占いとかに振り回されなくていいでしょ？」

ルカ先輩は横浜市出身でO型なんだよな——そんなことを思いながら、慈雨は背中側にいるルカを意識した。

いつも通り笠原たちと食事をしているルカは、今どこを見ているか、なにを思っているか、それが知りたい。

いやな思いをしているといいなと思った。

蜂須賀の問いに、「付き合ってません」とハッキリ答えたことを、後悔してほしい。

「合唱部は、部員数がすごく少なくて……一人でも欠けたら愛好会に落ちちゃうくらいなんだ。なんとか今のまま存続させたいけど、来年どうなるかあやういとこだよ」

「へえ、そうなんですか……」

どうでもいいと思いつつ多少は興味のある振りをする慈雨に、蜂須賀は「できれば合唱部に入ってもらいたいって思ったんだ」と、真剣な顔でいってくる。

「俺が合唱部に？」

「うん、なにしろ抜群に歌が上手いし、技術的なものだけじゃなくてすごく魅力的で……人を惹《ひ》きつける歌声を持ってるから。軽音部とかダンス部に入りたがってるって噂に聞いたけど、合唱部も検討してほしいな」

蜂須賀はそういって笑うと、ホワイトソースをかけたスクランブルエッグを一口食べる。

勧誘を受けたところで合唱部に入る気はない慈雨は……ルカ先輩は、スクランブルエッグにケチャップなんだよなと思いながら、ホースラディッシュをたっぷりつけたローストビーフを口に放り込んだ。

「……っ、う」

さすがに辛くて水に手を伸ばすが、もうほとんど残っていない。

全部飲み干すと、「お水、持ってくるよ」といって蜂須賀が席を立つ。

上級生なのに世話を焼いてくれて、新しい水のグラスを持ってきてくれた。

「ありがとうございます、すみません」

「……なんか、注目されてるね」

「そうみたいですね」

「慈雨は目立つから」

「先輩も目立ちますよ、背ぇ高いし」

蜂須賀は周囲の視線が気になるようで、苦笑しながら頬を掻《か》く。

確かにちらちらと視線を感じたが、慈雨にとってはルカ以外の視線はどうでもよかった。

ルカは今どうしているだろうか……背中側にいるはずだが、嫉妬の炎をめらめらと燃やしている気がしない。

自分がそばにいなくても、他の上級生と食事をしていても、関係なくニコニコと笑いながらすごしていそうで憎らしい。

「このあとジムに行く？　よかったら一緒に行かない？」

「あー……そうですね、食後三十分くらいしたら運動したいな」

「いいね、あ……でも、お風呂は別に行こう」

蜂須賀が恥ずかしそうにいうので、慈雨は「お風呂は別？」と訊き返した。

体型維持を心がけている寮生の行動パターンは、夕食、ジム、風呂と決まっている。

ジムに行くときにパジャマや入浴用のセット一式を持っていき、部屋に戻らず汗だくのまま風呂に直行するのが合理的だ。

「好きな子と、裸の付き合いは……ちょっと、さすがにまだ無理で」

蜂須賀は大人っぽい見た目で二学年上にもかかわらず、耳まで赤く染めている。

自分のことが本当に好きなんだなぁと思うと、少し悪戯《いたずら》したくなった。

小声で、「俺の裸見たら、勃《た》っちゃいます？」と訊いてみる。

「──っ、や……その、なんていうか……ぅ、うん、そうかな……」

蜂須賀は視線を逸《そ》らしながらも認め、口元を手で覆ってうつむく。

大柄で男らしい見た目にもかかわらず、仕草や表情が可愛い。

今ここで想像しただけでも勃ってしまうといいたげに、首をぶんと横に振った。

妄想を吹き飛ばして、「その話はやめよう」と少し上擦った声でいう。

——ルカ先輩なんて、毎日見てるのに全然勃たないし……。

好きになる前から裸の付き合いをしていたことや、入浴は入浴、セックスはセックス——と切り替えられる器用さがあるのはお互い様だったが、蜂須賀を見ていると、ルカの愛のなさを感じてしまう。

見るからに清潔なルカには、性欲なんてほとんどないのかもしれなかった。

蜂須賀のほうが普通で、ルカは淡泊すぎるのだ。

——蜂須賀先輩は、たぶん俺を抱きたいって思ってるんだよな？　ルカ先輩はいったいどう思ってるんだろ？　俺を抱きたいのか俺に抱かれたいのか、そもそもどっち？　そういう欲、まったくないとか……まさかそんなことないよな？

蜂須賀の前でルカのことばかり考えながら、慈雨はこっそりと溜《た》め息《いき》をつく。

目の前の男はハンサムでスタイルがよくて声もよくて、どことなくお坊ちゃまっぽい品性もあって好感度は高かったが、ルカとは比較にならなかった。

あのどうしようもなく人を惹きつける天性の輝きが、蜂須賀からは感じられない。

あえて考えてみると魔性といってもいいくらいに、ルカは途轍《とてつ》もなく艶っぽいのだ。

蜂須賀とジムで汗を流したあと、慈雨は部屋に戻らず大浴場に向かう。

蜂須賀が「お風呂先にどうぞ」といってくれたからだ。

彼は汗だくでいったん部屋に戻り、しばらく経《た》ってから入浴するらしい。

上級生だが威張らず優しく、善良で、いい彼氏になりそうな人だな……と思う。

もちろん自分の彼氏にする気はないが、悪い気分ではなかった。

引く手数多《あまた》のイケメンから好かれるのは、ちょっとした自信につながる。

そんな考えに罪の意識を抱きつつ、慈雨は洗い場で髪と体を洗った。

ルカの姿は内風呂のどこにもなかったが、ガラスの向こうの露天風呂にいるのが見える。

他にも二人外にいたが、慈雨は構わず露天風呂に向かった。

「ルカ先輩」

「慈雨……」

重たいガラス戸を開けると、海風がびゅうっと押し寄せる。

五月とはいえ夜はまだ寒くて、人間ならば鳥肌を立ててすぐに風呂に浸かりたくなるような気温だった。水棲竜人寄りの体を持つ慈雨は氷水に浸かれるくらい寒さに強いが、人間らしく「寒っ」と腕をさすりながら岩風呂に浸かる。

空気を読んだのか、ルカを除く五年生二人が立ち上がった。

「ちょうど出るとこ」といいながら、内風呂に戻っていく。

慈雨は露天風呂でルカと二人きりになり、いつものようにまじまじとルカを見た。

透き通るような白い肌は夜目にも眩《まぶ》しく、濡《ぬ》れた襟足が視線を誘う。指や唇も誘われそうになるくらい、肌が綺麗《きれい》でうなじが艶《なま》めかしく見えた。

「蜂須賀先輩は？」

ルカのほうから訊いてきたことに少しほっとした慈雨は、「お風呂は別がいいそうです」と事実をいった。

その意味がわかりますか――と問うようににらむと、ルカは「なんで？」と訊いてくる。

意味がわかっていないらしい。深く考えていない表情だった。

「俺のこと好きなんですって……だから、裸を見るのはまずいみたいで」

「まずいんだ？」

「勃っちゃうからまずいんですよ」

直球で説明した慈雨に、ルカはきょとんとした顔で「ああ、なるほど」と納得する。

その余裕になんだか腹が立って、「ルカ先輩は平気ですよね」と意地悪く訊いた。

「慈雨だって俺の裸見ても平気だろ？」

「毎日のことだし、頭を切り替えてるんで」

「――俺もそうだよ」

意味深な顔をして「俺も同じだよ」と、さらに強調される。

自分に対するルカの恋心がちらりと見えた気がして、心臓が高鳴った。

熱い露天風呂の湯に浸かった体が、ぐんと急激に体温を上げていくのがわかる。

「好きっていわれて、とりあえず一週間、お試しで一緒に行動することにしました」

「うん……」

「なにか、いいたいこととかありませんか？」

「いいたいこと？」

「なにか、ありませんか？」

恋心をもっと見せてほしくて、ねだるように訊いてみた。

ムカつくとか、直ちにやめてほしいとか、そういうことをいわれたい。

蜂須賀には悪いが、このあと早速会いに行って、「実はルカ先輩が好きなんです」と告げて今日で切り上げたっていいのだ。むしろそうさせてほしい。

「慈雨は不誠実なことはしないって、信じてるから」

ルカは真面目な顔でそういうと、手で首元をパタパタと扇《あお》いだ。

もう風呂から出たい様子で、火照った体を十センチばかり湯から上げる。

薄桃色の乳首が見えて、切り替えているはずの頭に混乱が生じた。

勃ちそうな体と、がっかりしている心のバランスが取れない。

信じてるなんて、そんなことをいわれたいわけじゃなかった。

自分たちはまだ、信じる信じないなんて域まで達していないと思っている。

ただ普通に、もっと当たり前に「他の人と仲よくしないで」といわれたい。ムカつかれたい、怒られたい、嫉妬されたい。

「のぼせそう、もう出るよ」

ルカは本当にのぼせそうな顔をして、湯から立ち上がる。

右上腕の傷口にテープを貼っていることを除けば、天使のように綺麗な体だ。

引き締まった腰に、触れたいと思う。

濃厚なキスをしながら、気持ちのいいことをしたい。

心だけではなく体もつなげて、ルカと特別な関係になりたかった。

《二》

慈雨が蜂須賀とお試し交際をしている間に、学園は聖マリア祭の準備に入った。

授業を半日潰して聖母マリアを称《たた》え、歌や劇を披露する学内イベントだ。

神の恵みを受けてキリストの母となったマリアは、神に対する従順を示す存在として特別に崇《あが》められている。さらにはキリスト教信者の模範であり、父なる神に取り次いでくれる聖女としても重要な存在だ。

学内でアンゲルスと呼ばれている奉仕活動の時間に、全校生徒がマリア祭用の花を作る。お花紙を使って、水色の花と白い花を一人一つずつ作るのだが、単純に作業してはいけない決まりがあった。

作っている間は心の中で聖母マリアへの祈りを唱え、感謝の念を籠めて、お花紙を一枚一枚丁寧に開かなくてはならない。

聖ラファエル学園は、ミッションスクールといっても信者の生徒が一割にも満たないが、年間を通して宗教イベントはいくつかあった。

もっとも盛大なのはキリストの生誕祭——いわばクリスマスで、三日間に亘《わた》って開催される。

それと比べればマリア祭は小さなものだが、慈雨はいわれるままに祈りを唱え、実に素直に花を作っていた。

信者のルカの影響を受けたわけではなく、信仰に目覚めたわけでもない。

ただ単に、竜泉学院ではあり得ないことをしているのがたのしかったのだ。

竜泉学院に宗教は存在しないので、崇める対象は現役の竜王——自分の父親である竜嵜可畏だった。

実際、可畏の誕生日を祝うために学校で赤い花を作らされたことがある。

強さがすべての竜人社会と比べると、聖ラファエル学園がなんとも健全に思えた。

水色と白の花を一つずつ作り上げたところで、隣の夜神咲也が「竜嵜」と声をかけてくる。

振り向くと夜神は廊下のほうを指差していた。

私語厳禁の花作りの最中に現れたのは、六年生の蜂須賀要だ。

ドアに嵌《は》め込まれたガラスの向こうから手を振っている。

アンゲルスの時間は教室から出ても構わないため、慈雨はそっと立ち上がった。

まだ花作りに熱中している生徒もいるので、なるべく音を立てないよう教室のドアを開け、廊下に出て後ろ手に閉じる。

「急にごめん」

「どうかしましたか?」

　蜂須賀とのお試し交際も五日目で、もうそろそろ終わりだな……と思いながら見上げると、彼は普段と違う顔つきで「実は頼みたいことがあって」と切りだす。

「頼みたいこと?」

　蜂須賀は視線を廊下の奥にやり、「宮下《みやした》」と下級生を呼びつけた。

　中肉中背の五年生が、「はい」と答えてタタタッと走ってくる。

　慈雨の前に立つと、「合唱部の部長の宮下です」と挨拶をした。

「はぁ……どうも、竜嵜です」

「蜂須賀先輩から、竜嵜くんの歌唱力のことを聞きました!」

「歌唱力?　ああ、カラオケ?」

「はい、カラオケで……それはもうすごかったって話を聞いて、それからずっと考えてたんだけど、一時的でもいいので体験入部とか……そういう形を取って、うちの部に協力してもらえないですか?」

　慈雨より一学年上にもかかわらず、宮下は両手を合わせて「無理を承知でお願いします」と祈るようにせがむ。

　その真剣な姿から察するに、なにか切羽詰まった事情がありそうだった。

「協力って?」

「合唱部員として、マリア祭で歌う讃美歌を歌ってほしいんだ。できればソロパートも！」

「……っ、讃美歌を？　俺が？」

宮下はうんうんと首を縦に振り、「うちの合唱部、部員が少なくて、声量足りなくて！」と哀願する。

蜂須賀からも「ぜひ頼みたいんだ」と懇願された。

「宮下のいう通り、うちのマリア祭では讃美歌を合唱部が歌う決まりになってるんだ、ステージの上で、まず一番を。それで二番からは中等部、三番からは高等部の生徒が参加する。段階的に大きく盛り上がって一丸となるわけだけど、今年は合唱部員が少なすぎるうえに、みんな恥ずかしがり屋で自信がなくて」

「そうなんです。ソロパート歌えるほど声量がある部員がいないし、慣例としてマイクは使わない決まりだし、このままだと冒頭が大コケな感じになっちゃうんです」

「はぁ……そうなんですか、冒頭が大コケ」

「練習はしてるんだけど、そもそも実力が伴ってなくて」

合唱部にいながら恥ずかしがり屋で自信がないって、なんだそれは――といまいち理解できない慈雨だったが、自分がなにを求められているかはよくわかった。

「要するに、体験入部って形で一時的に合唱部員になって、ステージの上で讃美歌を思いきり歌えばいいと……」

「そう、そうなんだっ！　先輩の耳は確かだし、竜嵜くんが入ってくれたらビジュアル的にもキラキラーってなって華があるっていうか、ウィーン少年合唱団みたいでクオリティー上がりまくりだよ」

「見た目も関係あるんですか？」

「あるよー。うちの部は見た目も地味なんで、いろんな意味で助かる。急にこんな無理いって申し訳ないけど、お願いします！」

宮下は前髪が乱れるほど頭を下げて、ふたたび祈りのポーズを取る。

蜂須賀も、「どうか頼む」とまたいってきて、どうにも断りにくい雰囲気だった。

歌うのはともかく、一時的にしろ入る気のない部に所属するのがなんとなくいやだな……と思わなくもなかったが、慈雨は「いいですよ」と快諾する。

あと二日したら蜂須賀に「ごめんなさい」をしなければならないこともあり、最後に少しは役に立ってあげたい気もした。

蜂須賀のことは嫌いではないし、なにより歌が好きだし、声にも歌唱力にも自信がある。

スポーツとは違って人間ではないことが発覚しかねないような、危険な目立ち方をするわけでもない。断る理由がなかった。

「ありがとう、ありがとう竜嵜くん！」

「慈雨、ありがとう。ほんとに助かる」

二人から同時に手を握られた慈雨は、「はは……」と堅苦しく笑う。

練習が面倒くさいなぁと思っていると、「今から早速練習しない？」と宮下に誘われた。

蜂須賀は「俺も付き合うから」といいだし、どことなく彼氏気取りな感じがして慈雨は少々気に入らない。お試し期間とはいえ抵抗があったので、「先輩はいいですよ」と断った。

「なんで？　推薦者として俺にも責任があるから」

「いや、そういうのはべつに」

「いやいや、ぜひ付き合わせてくれ」

「はぁ……はい」

しぶしぶ承知した慈雨は、宮下に案内されて音楽室に向かう。

重たい防音扉を開くと黒いグランドピアノが置いてあり、その横にわずか五人の……しかも小柄で地味な見た目の生徒ばかりが並んでいた。

「五人？」

「部長の僕を入れて六人なんだ。少ないでしょ？　地味でしょ？」

「――う、う……いやぁ」

うん――といっては悪い気がして濁した慈雨は、コホンと喉の調子を試す。

確かにこの六人でマイクなしで讃美歌を歌っても大コケ必至な気がして、自分が担う役割を実感した。

合唱部員と金曜日に初顔合わせをして練習を開始した慈雨は、休日も音楽室に呼びだされ、蜂須賀立ち会いのもと合唱部の練習に加わった。

結局ソロパートも任されることになったうえに、ステージ上で歌う合唱部員は歌詞を見てはならない決まりがあるため、ラテン語の歌詞を三番目まですべて覚えなければいけない。

英語ならともかくラテン語となると、さすがの慈雨も一度で暗記とはいかなかった。

いずれにしても慈雨に問題はなかったのだが合唱部員には問題があり、上手く合わせられるようになったのは最終日の日曜日だった。

「讃美歌斉唱」

月曜日の午後から講堂で開かれるマリア祭で、慈雨はステージに立つ。

自分の歌声に全校生徒が連なるのだと思うと、歌う前から気分がよかった。

こういった状況で緊張しない自分は……もちろん失敗もしない自分は、本当に歌手に向いているかもしれない――そんなことを思いながら、自分史上もっとも高い声で『アヴェ・マリア』を歌いだす。

ラテン語の発音に注意しながら、自分でも感心するほどの声量で歌った。

――うわ……すごい、やっぱステージで歌うの気持ちいーっ！

歌いだしのソロパートを歌っていると、全校生徒と教師らの感情が押し寄せてくる。

それらはまるで大きな圧のように、一気に自分に向かってきた。

誰も声を上げてはいけないし、褒められているわけでもないのに、空気と視線でわかる。

賞賛の声がスポットライトの光のように降り注ぎ、慈雨の全身を隈《くま》なく照らした。

合唱部の六人と声を合わせるといっそう気持ちが上がり、そこに中等部の生徒が加わって、最後は全校生徒で一つになる。

ここが練習と違うところで、緊張はしないものの血が沸き上がるような興奮があった。

数百の声が重なっても慈雨の声は抜きんでて、全員をリードし、完璧な讃美歌を伸びやかに作り上げる。

——ああ……これは、いいかも……すごい、気持ちいい……！

これまで知らなかった類いの快感を覚えながら、慈雨は讃美歌を歌い終えた。

その瞬間、割れるような拍手が講堂中に響き渡る。

自然発生した拍手は、すべて自分のものだ。

数百の視線が、それを物語っている。

——うーん、クセになりそう……合唱部、ちょっといいかも……。

ルカのアルカイックスマイルを真似して微笑した慈雨は、ステージから小さく手を振る。

学園のアイドルを気取って、最高にいい気分でステージをあとにした。

慈雨の歌声がすごかった——と学校中がざわめいているうちに、慈雨は蜂須賀と二人きりになった。

お試し交際から一週間が経った今日……慈雨にとってのイベントはマリア祭だけではない。むしろこちらのほうが、メンタル的に負荷の大きいイベントだった。

「蜂須賀先輩、この一週間、いろいろよくしてもらってありがとうございました」

マリア像が置かれている階段の踊り場で、慈雨は蜂須賀と向かい合う。

期待を持たせてはいけないと思い、透かさず「でもごめんなさい」と結論を口にした。

「慈雨……」

蜂須賀はおどろくことも落胆することもなく、穏やかな顔でほほ笑んでいる。

こうなることがわかっていたのだろう。

二つ年上なだけとは思えないくらい達観した表情で、「こちらこそありがとう。本当に……感謝してる」といった。

「慈雨とすごした一週間、すごくたのしかったし、贅沢《ぜいたく》な時間だったよ。でも今日、『アヴェ・マリア』を歌ってる姿を見て思ったんだ……つくづく思った」

「——なにをですか?」

「慈雨と付き合うには、俺はあまりにも平凡だなって。なんというか、スケールが違うなって、そう思ったんだ。やっぱり是永くらい特別じゃないと」

「先輩……」

「好きなんだろ？　是永のこと」

蜂須賀の問いに、慈雨は正直にうなずいた。

彼は善良でいい人だった。しかも恰好よくてハイスペックで、交際相手としてなんら不満のない相手だったが、慈雨の欲望を刺激するものはなかった。

離れていても頭から離れないのは、やはりルカだ。ルカに対しては……キスをしたいとか、さわりたいとか、やや淫らな欲望が常にあり、その差はとてもわかりやすい。

「ルカ先輩は『付き合ってません』ってハッキリいってたそうですけど、それはまあその通りなんですけど、これから付き合いたいと思ってます」

「そうか……上手くいくといいな」

「ありがとうございます」

慈雨がぺこりと頭を下げると、蜂須賀は右手を伸ばしてくる。

「握手、いい？」と訊かれたので、慈雨は「もちろんです」といって握手に応じた。

やや強く手を握られて、未練のようなものを感じなくもなかったけれど、蜂須賀は潔い。

数秒後には手を離し、「じゃあ、元気で」と踊り場を去っていった。

慈雨は野次馬の視線を感じつつ、自分の教室に帰る。

「お、竜嵜ーおかー」

夜神に迎えられ、他のクラスメイトからも「本日の主役がどこ行ってたんだよ?」と背中を叩《たた》かれた。

「蜂須賀先輩のとこだろ? さよならしてきた?」

夜神の問いに、慈雨は「うん」とだけ答える。

聞き耳を立てていたクラスメイトも、慈雨の答えに納得したようだった。

いたくストレートに、「やっぱ竜嵜にはルカ先輩だよな」といってくる者もいる。

それに対してはなにもいわなかったが、内心では「その通り」と答えていた。

これからはずっとルカの隣にいたいし、お似合いの二人だと思われたい。

「これでルカ様もほっとするだろうな」

席に着くと、隣の席の夜神が意味深な顔でいう。

言葉の意味を問うように視線を投げた慈雨に、夜神はわざと歯列を見せてニイッと笑った。

「なんだよ」

「いや、なんかさ……竜嵜が蜂須賀先輩と一緒にいると、ルカ様の表情が硬くて……オーラが違うんだよな。なんかこう、メラメラ? 嫉妬の炎って感じで、怖いの」

夜神はプククッと笑ったが、慈雨にとっては笑いごとではない。

身を乗りだして「マジで？」と訊くと、「マジです」と返された。

教師不在でざわつく教室の中、夜神の声だけがクリアに聞こえる。

「お前が蜂須賀さんと行動してるとさ、なんか不機嫌そうで……時々怖い顔して見てた。眇《すが》めて見るって感じで、横目でチラッと見てたぜ」

「――ほんとに？」

「人間離れした美形だけど、やっぱルカ様も人間なんだな。好きな子が他の男と一緒にいたら、普通にムカつくんだよ」

「……好きな子？」

夜神は「好きな子」ともう一度いいながら、慈雨の胸元を指差した。

「――ッ」

その指先から銃弾が飛んできたかのように、ハートをきゅんと撃ち抜かれる。

第三者から見て自分は、ルカの好きな子なんだと思うと、心音が跳ね上がった。

表情が今にも崩れそうで……否、すでに崩れているのがわかり、慈雨は両手で顔を覆う。

夜神の言葉に浮かれまくる自分が恥ずかしかったが、それ以上にうれしくて、この場で踊りだしたい気分だった。

マリア祭の片づけが終わって自由の身になった慈雨は、海水プールに浸かってから寮に戻る。本当はプールを後回しにしたかったが、体調を万全に整えてからルカに会いたかったので、一時間ほどしっかりと水に浸かった。

水棲竜人に近い体は水を得て完全にリカバリーして、心身共にすっきりと整う。

シャワーを浴びて髪型も整え、独りでエレベーターに乗り込んだ。

十階で降り、エレベーターホールに背を向けて右へ進み、さらに左へ進む。

一〇一三と彫られた金色のプレートの前で足を止め、表札をじっと見た。

是永ルカ、竜嵜慈雨――カップルのように名前が並んでいる。

今は表札にすらときめいて、少し緊張しながらカードキーを使った。

富士山を望む大きな窓の前で、ルカは勉強机に向かっている。

慈雨が「ただいま戻りました」というと、顔を上げて「おかえり」と返してくれた。

勉強をしているときは邪魔しないようにするのが暗黙のルールだったが、今日は遠慮せずにそばに行く。

蜂須賀とさよならしたことを報告しようとすると、その前に「『アヴェ・マリア』すごかった。感動したよ」と褒められた。

「ありがとうございます。カラオケより気持ちよかったです」

「緊張しなかった？」

「全然。歌うの好きだし、観客が多ければ多いほどテンション上がります」

「天性の歌手だな、本当に向いてると思う」

「将来なりたいものの一つではありますね」

座っているルカと普段通りに話しながら、慈雨はルカの目を見つめる。

蜂須賀のことを報告したらどんな表情をするのか、見逃さずにしっかりと見ておきたかった。

「さっき、蜂須賀先輩とさよならしました。お試しの一週間が終わったので」

「うん……」

「いい人だったけど、やっぱりルカ先輩とは違った。ときめきがなかったです」

「そっか」

ルカは安心した様子で眉尻を下げ、「よかった」と口にする。

一応ほほ笑んではいるものの、一つ間違えたら泣きそうな顔にも見えた。

椅子ごとくるりとこちらを向いて、ウエストに抱きついてくる。

意外な行動におどろいていると、そのままぎゅっと抱き締められた。

「先輩……」

ルカの悔恨が感じられて、慈雨の胸は躍る。

言葉でもなにかいってほしくて待っていたが、ルカはなにもいわなかった。

ただずっと、タックルのように抱きついたまま動かない。

「先輩、なにかいってください」

言葉が欲しくて求めると、「うん」とだけ、籠もった声で返された。

顔を上げないルカは、「後悔してた」とつぶやく。

「――二人を見ながら、ずっと後悔してた」

「はい……」

「蜂須賀さんが、慈雨に告白する気が起きないようなことを……いうべきだった。『付き合う予定なので邪魔しないでください』って、そういえばよかった」

「うん……ほんと、そうですよ」

慈雨は抱きついてくるルカの頭に触れ、滑らかに逃げる黒髪を指で追う。

ウエストを離さないルカの手が、「俺のものだ」といっている気がした。

そう思われたかった。

抱きたがっているにしても抱かれたがっているにしても、とにかく「俺のものだ」と、そう思われたい。

「先輩、俺が他の人と一緒にいるのを見て……どれくらい、いやでした?」

すごくいやだったといわれたくて訊くと、ルカが手を緩めて立ち上がる。

立つと身長差があって、今度は見上げなければならなかった。

目の前にある唇が、わずかに開く。

「――慈雨の腕をつかんで、引き寄せて……メチャクチャにキスしたいくらい、いやだった」

「メチャクチャに……」

「キス、したかった」

「……してください」

腕をつかまれ、ぐいっと引き寄せられた。

顔が迫り、キスをされるのがわかる。

唇がふわりと重なった。

これまでの二回のように、唇と唇がくっつくだけのキスではなかった。

触れ合った瞬間にルカは顔を斜めに向け、舌を使って割り込んでくる。

そうすることが慈雨の望みでもあり、受け入れるとたちまち深いキスになった。

メチャクチャにキスしたい――その言葉通りのキスに近づいていく。

やわらかい唇を、同じくやわらかい唇で崩して、熱っぽい舌を絡め合った。

上手く絡まずに互いの口の中を行き来するのも気持ちがよくて、漏れる息が熱くなる。

「ウ、ン……」

「――ッ、ン」

初めてのディープキスは、念願が叶《かな》ったよろこびでいっぱいだった。

ルカの唇が余すところなく自分のものになり、舌ではお互いを味わっている。

なんという幸せだろう。なんという心地好《よ》さだろう。

ルカの口の中に自分がいて、ルカの舌が自分の中にある。

下唇だけを食《は》むように吸うと、同じように下唇を食まれる。

やってはやり返して、お互いの唇と舌をこれでもかというほど味わった。

やわらかくて気持ちがよくて、高まる熱に興奮する。

もう十分だと思うくらいキスをしてもやめられず、心と唇が求めるまま続けると、口角から唾液がつぅっと溢《あふ》れだした。

「……ン、ゥ」

「ハ……ッ、ァ」

ひどく淫らな気分になる。

脚の間がつきんつきんと刺激され、勃ちそうだった。

慈雨は体の欲望を抑えながらも、唇と舌では貪欲にルカを求める。

そして同じように求められ、愛し合うよろこびの末端に触れた。

こんなに気持ちのいいことがあったなんて、今まで知らなかった。

十五年生きてきて初めて知ったキスのよろこびに、また心が躍る。

「……ッ、ゥ」

「――ン、ゥ」

名残惜しく唇を離すと、細く糸を引いた。

それが途切れるなり、また唇を貪ってしまう。

なかなか終われない、終わりたくないキスだった。

「――先輩……」

「……ッ、慈雨」

合間に名前を呼ばれて、幸福感が弥増《いやま》す。

また糸を引きながら離れて、今度は本当に終わりにした。

親指でお互いの口元を拭いながら、額をこつんと当て合う。

ルカを好きな気持ちがふくらんでいった。

ルカの中にある自分への気持ちも、ふくらんでいるのがわかる。

好きな人が自分を好きでいてくれることを確認できる行為に、ハマってしまいそうだった。

キスでもこんなに伝わるなら、セックスをしたらどれだけ伝わるのだろう。どれだけ好きになってしまうのだろう。早くしたいような気もするし、キスだけで酔える今を、大事にしたい気持ちもあった。

《三》

マリア祭が行われた週が終わろうとしていたが、慈雨《じう》とルカの関係は変わっていなかった。付き合ったら部屋替えという、カップルにとってきびしいルールが邪魔をしている。

深いキスをしたのも一度きりで、それ以降は仲のよい先輩後輩に戻っていた。

部屋替えのルールさえなければ付き合っている——そう信じていられたので、慈雨に不満はない。

本音をいえばもっとキスをしたかったし、さらに先のこともしたかったけれど、今しかないこの瞬間をたのしんでいるのも事実だった。

「先輩、今日はゆっくりですね」

土曜日の朝、ルカがなかなか起きないので慈雨もベッドに転がっていた。

恋島《こいじま》寮は全室スイートルームで、寝室は独立している。

手前が下級生、奥が上級生と決まっていて、二つのベッドの間にはサイドボードがあった。

「昨夜《さくや》ちょっと寝苦しくて、まだ眠い……」

ルカはベッドの中で「あふ……」と可愛《かわい》いあくびをする。

髪が乱れているのも眠そうなのも色っぽく、慈雨は朝からドキドキしながらルカを見つめていた。

「先輩のこういう姿が見られる特権、そう簡単に手放せませんね」

「……じゃあ、まだまだ付き合えないね」

「ですね……」

以前より少し余裕を持てるようになった慈雨は、付き合えなくても拗《す》ねずに苦笑する。

ルカのベッドに向かって手を伸ばすと、人差し指の先がちょこんと触れ合った。

ルカは「イーティー」とつぶやき、慈雨は意味がわからずに「イーティー？」と訊《き》き返す。

慈雨がイーティーを知らなかったことにルカはおどろいた様子で、「知らない？　指と指をこう、触れ合わせるやつ。ＳＦ映画の……」と、まだ眠そうな顔で説明する。

「すみません、知りません……二歳差だからかな？」

「二歳差は関係ないかも。俺たちが生まれる前の映画だし」

「今度観《み》ますね」

「観なくていいよ」

ルカはそういいながら慈雨の指を握って、力を入れたり抜いたり、関節を撫《な》でたりする。ともすれば性的にも感じられる、あやしげなさわり方だった。

ルカの手が作る筒の中に中指を呑《の》み込まれながら、慈雨は密《ひそ》かに息を呑む。

指遊びを疑似セックスのように感じていると、今度は手の中を突くように絡まれた。

抱くか抱かれるか、どちらかよくわからなくなったが、流れる空気は性的だ。

朝だとは思えない紫色の空気が、二人の間を煙のように漂っている。

「ルカ先輩は……俺と、エッチしたいとか思ってます？」

思いきって訊いてみると、ほとんど間を置かずに「思うよ」と答えられた。

ルカのことだから、もっと迷ったり間があったりするかと思ったので、自分から訊いておきながら返事に詰まる。

手指はつながったまま、今はどちらが抱く側でも抱かれる側でもなく、複雑に絡んでいる。

「でも……」と切りだしたのはルカだった。

もう眠そうな顔はしていなくて、真摯な目をしている。

キスをしたくなるふっくらとした唇が、慎重に開いた。

「今すぐとかは、思ってないよ。慈雨のことは好きだけど、俺自身の問題で……部屋替えとか以前に、踏み止《とど》まってしまう感じがある」

ルカはそういって、慈雨の手を手繰り寄せる。

慈雨の指先に軽くキスをすると、「いろいろね、悩むよ、初めてだから」とつぶやいた。

「悩む？」

「うん……自分でいうのもなんだけど、俺……イケメンとかいわれて、持ち上げられがちで、だからいつも大変。中身が伴わないいんじゃないかって、内心は焦ってる」

「先輩は中身もイケメンじゃないですか」

「そう思われるように努力してるんだ。ものによってはギャップで済むかもしれないけど……成績が悪いのは駄目、運動神経が鈍いのも駄目。見た目で期待値が上がってしまう分、いつもハードで苦しくて……。だから、セックスとかキスとかも……上手《うま》くやりたいって思うけど、実際できるかどうかわからない」

「そんなの、下手だっていいじゃないですか。お互い初めてなんだから」

「うん……まあ……慈雨には、駄目なところも見せられる気がする」

「ほんとに？」

「もう見せちゃったし」

ルカは慈雨の手を右上腕に導き、銃弾を浴びた傷の上に持っていく。

「許してくれてありがとう」と、改まった顔でいった。

その話はもういいのにと思ったが、慈雨は黙ってうなずく。

イケメンならではの苦悩をかかえたルカが、愛《いと》しくてたまらなかった。

なんでもスマートにこなしているように見えて、本当は周りの期待に応えようと努力していたんだと思うと、ますます好きになってしまう。

「先輩、すごい……好き」

「――俺も、慈雨が好き」

隣り合ったベッドで指と指を絡めながら、朝なのに夜の空気を醸しだす。

淫らな指遊びは、股間につきんつきんと刺激を与えてきた。

それをどうにかこらえつつ、ただ見つめ合う。

「……イーティーって、こうですか？」

慈雨が人差し指を立てると、ルカは笑って「そうそう、こんな感じ。映画の中では……そのシーンないんだけどね」と指の先を当ててくる。

「ないんですか？」

「うん、宣伝用のポーズらしい」

「へー……なんかこう、交流みたいな？」

「そう、まさにそういうイメージ」

二人で指先をちょんちょんと当てながら、「交流、あるいは友好の印とか」「交信とか？」

「ああ……相手は宇宙人だから、交信が近いのかも」「マジですか？」と笑い合う。

性的になりそうな空気を、どうにか健全な方向へと正していった。

「――あ……そうだ、今日って……タイムカプセルの日だ」

「タイムカプセル？」

「うん、卒業生が島に埋めたタイムカプセルを掘り起こす日。午前中に大勢来るらしいんだ、二十年前の卒業生が」

「二十年前の卒業生ってことは、今……四十手前くらいですか？」

「そう、かなり歳《とし》の離れたOBが大勢来る。頑丈な缶の箱を重ねたタイムカプセルの中には、二十年後の自分に宛てた手紙が入ってるらしい」

「へえ、面白いですね」

「ちょっと興味湧くよね」

「そういうの毎年やってるんですか？」

「ううん、卒業記念にタイムカプセルを埋めたのは、その年だけだったみたいで……あとあと大変そうだからって、次の年からはやめたらしい」

「なんだ、残念」

「埋めてみたかった？」

「はい。十年後でも二十年後でもいいから、自分宛てに手紙を書いてみたいです」

「書けばいいよ」

「いやぁ、学校側で機会を作ってくれないと……」

「まあ確かに、自主的にはなかなか」

「ですよねー」

ベッドに転がりながら他愛もない話をして、ひらひらと動かす指を絡め合う。

十年後、二十年後をぼんやりと想像した慈雨は、一九〇センチくらいになった逞《たくま》しい自分を思い浮かべ、その隣にルカを並べていた。

当たり前に一緒にいたいと思う。両親のように仲よく、いいパートナーでありたい。

「ＯＢの手伝いもあるし、そろそろ起きようかな」

「手伝うんですか？　穴掘りを？」

「ううん、掘り起こすのは自分たちの手でやらないと……。寮監はシャベルを倉庫から出して貸しだすだけ。手伝いってほどのものじゃないけど、一応立ち会うことになってる」

「先輩みたいに超絶綺麗《きれい》な後輩が現れたら、ＯＢの人たちびっくりしますね」

「そんな……大袈裟《おおげさ》だよ」

「いやいや、覚悟しておいたほうがいいですよ。『君、やけに綺麗だね』って絶対いわれる」

「慈雨は俺を過大評価しすぎてる」

「正当な評価です」

指先を当てたり絡めたりしながら、二人はくすっと笑い合う。

そうして一緒に起き上がり、うーんと伸びをしてベッドから下りた。

朝食のビュッフェの席でもタイムカプセルに興味を示した慈雨は、寮監の笠原《かさはら》から誘われ、シャベル運びを手伝うことになった。

在校生としても初めてのことなので、シャベルを渡したらいったん引き揚げるか、それとも最後まで立ち会うか、その場の空気を読んで決めることになる。

倉庫から貸しだす大きなシャベルは四本あり、ちょうどよく一人一本持って恋島の山頂部にある教会に向かった。

午前十時を前に、長い階段を笠原と村上《むらかみ》、そしてルカと一緒に上がっていく。

最初は軽いと思ったシャベルも、階段を上がっているうちにだんだん重くなっていった。膂力《りょりょく》の優れた竜人でもそう感じるのだから、人間の身ならますます重く感じるだろう。

階段の途中で笠原が振り返り、「慈雨を誘ってよかった。俺が一人で二本持っていくつもりだったけど、思ったよりきついわ」と笑う。

「お役に立ててよかったです」

感じよく返しながらも、慈雨は少しばかり後悔していた。

水竜人寄りの体を持つ慈雨は、海を愛する一方で山が苦手だ。

強い日差しが苦手というのもあるが、それだけではない。大嫌いな虫が多いからいやなのだ。

先ほどから蚊なのか蠅《はえ》なのかわからないものが首に当たり、ぞわぞわとしている。

こめかみや襟足にかかる自分の髪の毛まで虫と錯覚して、何度も鳥肌を立てた。

シャベルをOBに手渡したら、さっさと山を下りて海水プールに浸《つ》かりたい。

――タイムカプセルが山頂にあるなんて、聞いてないし……。

もっと簡単に済むと思ったのにとげんなりしつつ、慈雨はジャージ姿の五年生三人に連なる。

救いはルカで、時々「大丈夫？　重くない？」と声をかけてくれた。

「重くはないんですけど、虫が……」

「そうだな……五月だからまだマシだけど、夏だったら大変だ」

ルカがそういうと、「最近の夏は暑すぎて意外と蚊は少ないんだぜ」と笠原が口を挟む。

「ああ、猛暑の影響で？」

「そうそう、かわりに秋がすごい。ちょっと涼しくなった頃に大発生する。今の時期は毛虫が多いから注意だな」

「毛虫はいやだな、刺されたら痛そうだし」

「飛ばないだけいいけどな」

ルカと笠原の……聞いているだけでかゆくなりそうな会話に、副寮監の村上が「山は一年中虫だらけじゃない？」と、腕を掻《か》きながら辟易《へきえき》している。

慈雨は内心、OBにシャベルを渡すのは麓でやればよかったんじゃ……と思ったが、そこはやはり男子校なのだろう。

二十歳以上も年上の大先輩に、かさばる重いものを運ばせるという考えはないらしい。

そのノリで穴掘りまで手伝わされたらいやだなと思っていると、ようやく頂上が見えてくる。かれこれ二十分くらいかかったので、ゴールの教会を目にするとほっとした。

「やあ待ってたよ！　シャベル運んでくれてありがとう」

「四本も持ってきてくれたのか、助かるよ！」

おじさんと呼ぶには若く、お兄さんと呼ぶには微妙な年頃のＯＢが十数人、慈雨たちを見て集まってくる。

彼らはもちろん私服なので、着ている服の色も様々で、統一感はまったくなかった。かつては同じ制服を着て、あの寮で寝起きしていた人たちなんだと思うと、慈雨は感慨深いものを感じる。

自分たちもいつかはこうなるわけで、よくよく考えてみると、制服を着ている期間は人生の中でほんの少しなんだなと思った。

「お待たせしてすみません、シャベル持ってきました」

笠原の言葉に、ＯＢたちは「ありがとう」「手間をかけたね」と口々にいう。

そのあとすぐに代表らしいＯＢがルカと慈雨に目を向けて、「うわ、これまた随分と綺麗な子がいるもんだね」とおどろいた。

「冗談抜きに本当に美形だねぇ、芸能活動とかしてるの？」

「いいえ、普通の高校生です。僕は五年生で、彼は四年生です」

ルカが一人称を僕に変えて答えると、ＯＢたちはルカをまじまじと見る。

なにかに活《い》かさなければもったいないほどの美貌を、「色白だね」「顔が小さい」「スタイルいいねぇ」と褒められているのを見ると、慈雨も鼻が高かった。

一応まだ付き合ってはいないが、もう彼氏気分ではいる。

俺の彼氏なんですよ、ほんとに綺麗でしょう――といいたくて口がむずむずした。

学園のエクソシストとして活躍するルカのファンでもある村上が、ＯＢたちに「この二人はルームメイトなんですよ。学園一の美男と美少年のコンビで」と誇らしげに紹介する。

そういう村上もメガネを取れば大層な美少年なのだが、やはりそれは気づかれず……ルカと慈雨の華やかさの前で、平凡な顔面の持ち主のように振る舞っている。

少し離れたところにいたＯＢも続々と集まってきて、全員がルカの美貌を称《たた》えていた。

そこから昔話が始まって、「俺たちの頃もいたよなぁ、美少年とか」「誰だっけ？」「今では立派なパパだよ」などと盛り上がっている。

シャベルを手渡したら帰れるかと思いきや、「すぐ終わると思うから待ってて」と、ＯＢにいわれてしまった。

穴を掘るのを手伝って……といわれないだけよかったが、山頂の教会の前で四人揃《そろ》って待つ破目になる。

――ちょっと見てみたかったし、まあいいけどさ……。

帰りもシャベルを持たされるんだろうなと思うと若干うんざりしながら、慈雨はルカたちと一緒にタイムカプセルが出てくるのを待った。

山頂には三十人ほどのOBがいて、交代で少しずつ穴を掘る。

土が穴の横に積まれていく速さから察するに、本当にすぐ終わりそうに見えた。

五月とはいえ山頂は日が当たってそれなりに暑く、OBたちは汗を拭いながら作業している。

「やっぱり大変そうですね、タイムカプセル」

思ったほどいいものじゃなさそうだな——と思いつつつぶやくと、笠原が「俺たちの学年はやめておこう」と小声でいう。

村上が「そもそも禁止になったんだよね？」と訊くと、笠原は「いや禁止ってわけじゃない。なるべくやめましょうってくらいだな」と答えた。

「これでもし見つからなかったら大変ですよね？」

「だよなぁ、二十年も経《た》つと環境が変わることもあるし。まあ、うちの学校の場合はあんまり変わらないけどな」

「離島ですもんね」

「そうそう、外部の干渉を受けないのはいいよな」

そんな話をしている間にも穴は広がっていき、教会から二十メートルほど離れた大岩の横に土が盛られていく。

そろそろかなぁと待っていると、掘っていたOBが手を止めた。

妙な声が聞こえてくる。

人間の聴力では聞こえないのか、ルカも笠原も村上も異変に気づいていなかった。

距離があるので耳を澄ますと、そういっているように聞こえた。

「なんだこれ⁉」と、「人骨じゃないか？」と聞こえてくる。

「人骨だ！　人骨が出た！」

穴を掘っていたOBの一人が大きな声を上げ、ようやくルカたちの耳に届く。

誰からともなく駆け寄ると、「人骨だ、間違いない！」とOBが声を震わせた。

まさかと思いながら近づいた慈雨は、人混みの間から穴の中を覗《のぞ》き込む。

黒に近い色の土の中に、白っぽい骸骨が見えた。

頭部と、鎖骨の辺りだけが土から露出している。

「――っ、離れて……よくないものが現れる」

響動《どよ》めきと「うわあぁ」という低い悲鳴が上がる中、ルカがいった。

慈雨はルカの手で腹を押され、後ろに一歩以上も下がらせられる。

ルカは村上の肩にも触れると、「下がって、離れたほうがいい」といった。

ルカが霊能力者であることを知らないOBたちは、続々と集まってきて「うわー、ほんとに人骨だ」と野次馬根性で見ている。

ルカと一緒に四人で穴や人混みから離れた慈雨は、「幽霊が出そうなんですか？」とルカに訊いてみた。

「うん、もう現れてる……白いドレスを着た女の人の霊」

「女⁉　あの骸骨、女の人なんですか？」

「普通に考えるとそうだと思う。ただ、前にもいった通り霊の姿は主観的なものだから……性自認が体と一致していない場合は、男なのに女性の霊になる場合もあるよ」

「性自認……」

「今は自分の死が露呈したことを認識したばかりで、ぼんやりしてるようだけど、あまりいい色じゃない。黒い靄《もや》に囲まれていて、恨みの念が強く出てる」

「殺されて埋められたってことですか？」

「それは間違いないと思う」

四人で人骨から離れている間に、ＯＢのうち二人が「学校に知らせてくる！」と階段を駆け下りていった。

スマートフォンを出して「電話したほうが早い！　警察にも連絡しないと！」といっているＯＢもいる。人骨が出たならすぐにでも穴掘りを中止するべきだろうに……全身を発掘せんとばかりに、穴掘りを続けるＯＢも複数いた。

「先輩、幽霊はどこに？」

「彷徨《さまよ》ってる……誰かを捜してるみたいに、人の顔を見ながら歩き回ってる」

慈雨はルカの視線を追ったが、白っぽいものも黒っぽいものもまったく見えない。

プールの霊のときのようになにか見えるのを期待して目を凝らすものの、大勢の生者がわたわたしている姿が見えるだけだった。

「俺たちは、ここでどうすりゃいいと思う?」

笠原がつぶやいた。

「勝手に帰るわけにもいかないし、先生や警察が来るのを待つしかないんじゃないかな」

ルカが答える。

笠原は「こういうのって現場保存すべきだよな、掘るのやめるべきだろ」ともいっていたが、掘り続けているOBを止めることはしなかった。

「タイムカプセルも出たぞ!」

穴掘りを続けていたOBが意気揚々と叫ぶものの、もちろん歓声などは上がらない。

ややヒステリックに、「それどころじゃないだろ!」「もう掘るなよ!」と怒る者もいた。

OBの間で意見が分かれてがやがやとやっているうちに、学校に向かった二人が教師たちを連れて戻ってくる。

宗教倫理の小田島《おだじま》と、体育の久地《くじ》、そして唯一の女性である美人保健医の花澤《はなざわ》が、ゼイゼイハアハアと息を乱しながら階段を上がってきた。

三人ともそれなりに若いので、ＯＢたちが現役のときにはいなかった教師たちだが、そこはやはり教師で……「現場保存しなきゃ駄目じゃないか！」「こんなに掘ったのか⁉」と、最早《もはや》全身露《あら》わな人骨を見るなりＯＢを叱る。

シャベルを手にしていたＯＢは文句ばかりいわれて腹が立ったのか、土の山に無造作にシャベルを突き刺した。

「裸の御遺体じゃない……これって、どういうこと？　殺人事件があったってことなの？」

学園のマドンナと呼ばれている白衣姿の花澤は、人骨を見ても冷静だった。

まだ少し息を乱していたが、監察医がそうするように、遺体に向かって手を合わせる。

それを真似《まね》て、小田島や久地も……そしてＯＢの何人かも手を合わせた。

「先輩、幽霊は今どこにいるんですか？」

「先生たちの近くで顔を見てる。誰かを捜してるみたいだ」

霊の所在地をルカに訊いている間に、小田島が「行方不明になってた昔の生徒じゃないか？

確か二十年近く前の……」と誰にともなくいう。

久地と花澤が「そういえば」と顔を上げた。

女の霊が現れたことを知らない教師と保健医に、ルカはなにもいわなかった。

少し離れたところから見守り、霊を目で追っている。

「──っ、霊が、花澤先生に……！」

ルカが声を上げた瞬間、花澤の体がびくんと動く。

胸の辺りまである巻き髪が揺れ、不自然にうなだれた。

なにが起きているのかわからない慈雨に、ルカは「憑依《ひょうい》した！」と状況を告げる。

「憑依？　幽霊が乗り移ったってことですか？」

「霊が捜してたのは花澤先生だ……というより、女性を捜してたんだ」

ルカは早口でいいながらTシャツの首元を探り、中からロザリオを引っ張りだす。

そうしている間にも、花澤には異変が起きていた。

白衣姿で人骨に背を向けると、こちらをじっと見てくる。

一目で様子が変だとわかった。

憑依されたという先入観がなくても気づくくらい、目つきがおかしい。

花澤はOBたちや慈雨たちを一通り見て、ルカに向かって視線を定める。

学園のマドンナと呼ばれるくらい身綺麗な姿にもかかわらず、大股でずんずんと歩いてきた。

「――助けて……っ」

女性の声とは思えないほど低い声でうめきながら、花澤はルカの前まで来る。

両手を伸ばしてルカの腕につかみかかると、「助けて」とさらに訴えた。

ロザリオを手にしたルカは、花澤によって大きく揺さぶられる。

「先輩！」

「大丈夫、大したことない」

ルカはそういったが、慈雨は黙って見ていられなかった。

霊能力のことを知らないOBたちは、豹変《ひょうへん》した花澤をいぶかし気な目で見たが、当然状況がわかっていない。「なんだ?」「どうしたんだ?」と口々にいうばかりだった。

「花澤先生、しっかりしてください。今すぐ除霊します!」

ルカは花澤の手でぐらぐらと揺らされながら、声を張り上げる。

続いて、霊を帰天させるための祈りを唱え始めた。

「天にまします我らの父よ、願わくは御名をあがめさせたまえ。我らに……罪を犯すものを、我らが赦《ゆる》すごとく、我らの罪をも赦したまえ……っ」

除霊に使う青い炎を出すために、ルカは集中していた。

そんなルカに、花澤が襲いかかる。

除霊されたくなかったのか、なにか別の意図があるのか、ぐわりと距離を詰めた。

「先輩……っ!」

まだ炎を出していないルカに向かって、霊の憑《つ》いた花澤がキスをしようとする。

なにを考えているのかまったくわからなかったが、慈雨は反射的に動いていた。

白衣の袖に包まれた花澤の腕を、竜人の力で思いきりつかんでひねる。

とにかくルカを守りたくて……自分だけの唇を守りたくて、必死だった。

気づいたときには花澤の体を浮かせ、地面に向かって叩《たた》き落としていた。

ほぼ自覚がなかったが、豪快な一本背負いを決めたのだ。

「花澤先生！」

どーんと大きな音を立てて落ちた花澤の体が、少しだけバウンドする。

白衣やスカートがまたたく間に泥だらけになり、長い髪がぐちゃぐちゃに乱れた。

状況をわかっていない教師二人が飛んできて、「なにをするんだ⁉」と声を荒らげる。

それだけではなかった。

ルカも信じられないものを見るような目をして、「女性になんてことを」と慈雨を責める。

わけがわからなかった。

ルカの言葉通り花澤には霊が憑依していて、ルカを襲っていたのだ。

最初は力任せに「助けて」と迫り、そのあとなぜかキスをしようとした。

それを阻止するために動いただけなのに、なぜ責められなければいけないのか――。

「花澤先生！　しっかりしてください、今……今すぐに除霊します！」

ルカは慈雨を押しのけるようにして、倒れている花澤の隣にしゃがみ込む。

意識が朦朧《もうろう》としている花澤の額にロザリオを近づけ、「アーメン」と唱えた。

その瞬間、ルカの右手から青い炎が燃え上がる。

花澤はびくびくと痙攣《けいれん》を起こし、白眼と歯を剝《む》いて悶《もだ》えた。

「うあああぁ！」

男のような声でうめきながら、手足をばたつかせる。

ルカは花澤の体を押さえ込み、低い体勢のまま除霊した。

かくんと頭を落とした花澤からは、目に見えてわかるほど憑きものが落ちている。

無防備な寝顔になって、ルカの腕の中でぐったりと意識を失っていた。

地面に垂れた細い手首や白魚のような指を見ながら、慈雨は声を詰まらせる。

責められた理由が、やっとわかった気がした。

しかしなにも弁解できなかった。

霊が憑いていたとはいえ、女性を一本背負いして地面に叩き落とすなんて、決してやってはいけないことだったのだ。

腕をつかむだけにして、そのまま引きはがせばよかったのに……それくらいの腕力は持っているのに、ルカの体から思いきり離したい一心で、つい放り投げてしまった。

「なんなんだ、いったいなにがあったんだ!?」

事情がわかっていないOBたちが騒いでいたが、小田島や久地は「大丈夫ですっ、なんでもないです」とひたすら誤魔化していた。

ルカの霊能力のことを……卒業生とはいえ外部の人間でしかないOBに、やたらにいわないほうがいいと思ったのだろう。

花澤とルカを隠すように両手を広げ、「遺体を見てちょっと具合が悪くなっただけです」と説明していた。

屋外の日射しの下で見ると、ルカの青い炎はそれほど目立たず、OBたちにはハッキリ見えなかったようだった。少し離れていたのも幸いして、ルカが除霊をしたと理解しているOBはおそらくいない。

「すみません、俺……やりすぎました」

詰まっていた声がようやく出せるようになった慈雨は、花澤に向かって謝罪する。

花澤は意識を取り戻していたが、なにが起きたのかわかっていないようだった。

今にも泣きそうな顔をして、「腰、痛い……っ、すごい痛い」と呻《うめ》いている。

「すみませんでした！」

謝ることしかできない慈雨に、花澤は「なに？　なんなの？」と困惑していた。

一本背負いで投げ落とされた記憶がないらしく、ただ「痛い、痛い」と訴える。

「病院に連れていきましょう」とルカがいい、笠原が「船に乗れそうですか？　ドクターヘリ呼ばないと無理ですか？」と花澤に訊く。

「船で大丈夫……」

花澤は顔をしかめながら、か細い声で答えていた。

小田島が「まず担架だな、担架を持ってきて麓まで運ばないと」という。

慈雨はすかさず「俺が運びます！」と申し出るものの、体育教師の久地に「お前じゃ無理だ、危ないから体格のいい人間がやる」と断られた。

俺のほうが人間よりも力があります——そう主張できず、慈雨は罪悪感に苛《さいな》まれる。

保健医の花澤は、慈雨の体重が異様に重いことを知っても、慈雨の嘘《うそ》を信じ、秘密にすると約束してくれた人だ。

明るくて元気でお洒落《しゃれ》で、どちらかといえば好感を持っていたし、ルカに襲いかかったのもキスをしようとしたのも、彼女の意思でないことはわかっている。

それなのに咄嗟《とっさ》に……カッとなって、固い地面に叩きつけてしまった。

女性の腰を痛めさせるなんて、あまりにもひどい話だ。

教師やルカに責められても文句はいえない。

——どうしよう……。

謝る以上のことができなくて戸惑っていると、船で上陸した警察が麓からやって来る。

すぐに規制線が張られ、遺体にもタイムカプセルの缶箱にも近づけなくなった。

ルカは警察ではなく小田島に、「行方不明になった生徒だと思います。グリーンの作業服を着た、白髪交じりの大柄な中年男に襲われて……乱暴されそうになって、抵抗したら石で頭を殴られたようです」と説明する。

警察要らずのルカの能力に感心している余裕はなく、慈雨はこめかみに汗をしたたらせる。

じりじりと暑い日差しに焼かれ、アウェイにぽつんと放りだされたようだった。

一刻も早く山を下りたくなる。

日差しからも羽虫からも、冷たい視線からも逃げて、海に飛び込み、罪ごと汗を洗い流したかった。


ルカたちと共に恋島の山頂をあとにした慈雨は、寮に戻るなり部屋に向かい、水着を持って海水プールに向かう。

こんな騒動があった直後に……しかも女性保健医に怪我《けが》をさせた身で、気ままに泳ぐなんて非常識だとわかっていたが、どうしても我慢できなかった。

山や虫や、強い日差しが苦手であることをいやというほど感じながら、冷たいプールの底に沈む。

本当はプールではなく、沼津《ぬまづ》港に飛び込んで海底まで沈みたかった。

悪いことをしたのに、その自覚があるのに……常識を振り払い、なによりも優先して海水に浸からなければ耐えられない自分を……ああ、やっぱり人間じゃないんだなと痛感する。

聖《セント》ラファエルに来て一ヵ月半以上が経ち、人間として上手くやれていると思っていただけにショックだった。

ルカの唇が奪われると思い、つい乱暴なことをしてしまった自分も、海水に浸からなければ生きていけない自分も、今はまったく肯定できない。

自分が嫌いになりそうだ。

——女になりたかった、昔の男子生徒……たぶん男が好きで、それでルカ先輩を……。

山頂の教会からの帰り道、長い階段を下りながらルカがいろいろと話してくれた。

幽霊が着ていた白いドレスというのは、裸にシーツを巻きつけただけのもので……性自認が女性だった男子生徒の、逃避した姿だったこと。夜中にこっそり教会に来て祈りを捧《ささ》げていた際に、作業服姿の中年男に襲われ、殺害されたこと——。

そんな気の毒な霊の衝動的な行動に対して、自分は暴力を振るってしまったのだ。

受け皿になっているのが罪のない女性保健医だとわかっていながら、容赦なく放り投げた。

今頃、花澤は本土の病院に行っている頃だろう。

それを考えたら、こうしてプールで独り泳いでいる場合ではないのだ。

もしも深刻な怪我だったら、彼女の将来にかかわるかもしれない。

本来なら自分は、寮のロビーか自室で、神妙な顔をして……心から心配して、花澤の容態について連絡が入るのを待つべきだ。

「慈雨、泳いでないで上がってこいよ」

水底に一分ほど沈んでから顔を上げると、笠原の声が聞こえてくる。

ハッキリとはいわれなかったが、「こんなときに泳ぐなよ」と責める口調だった。

「すみません、汗掻いちゃって」

「それはみんな同じだろ？」

「……すみません」

同じじゃない、俺はアンタたちと同じじゃない――そういいたくなる気持ちが湧き起こり、胸を締めつけてくる。

慈雨は自己肯定感を高めるように育てられ、自分を人間よりも普通の竜人よりも素晴らしい、優秀な生きものとして自信を持って生きてきたけれど、今はそんなふうに思えなかった。

多彩な能力を持っていても、海水に浸からなければ生きていけない生きものだ。

優れた膂力を持っていても、咄嗟のときに加減ができない乱暴な子供だ。

「ルカが具合悪くなってさ、部屋に戻って寝てるから」

「――っ、先輩が？」

笠原はプールから出た慈雨に向かっていいながら、寮を見上げる。

十階のベランダに目を向けて、太めの眉をぐっと寄せた。

「襲われて殺された霊の思考を読むなんて、どう考えてもしんどいよな」

「……俺、行かなくちゃ」

「いや、放っておいたほうがいいんじゃないか？　独りになりたそうだったし」

「……けど、なにか……」

「力になれるなんて、安易に思わないほうがいいと思う。ルカは除霊のたびにいつも凹《へこ》むし、独りで寝込んで一日二日で立ち直ってる。俺たちができるのは、部屋から出てきたらなるべく普通に接することじゃないか？」

笠原はそういったあとで、水着姿の慈雨をちらりと眇《すが》め見た。

「俺がお前を呼びにきたのはルカの看病をさせるためじゃなくて、外出予定時間のこと。お前、今日実家に帰るんだろ？　そろそろ支度しないと船に乗り遅れるぞ」

「……あ、そうでした」

「忘れてたのか？」

「いえ、忘れてたわけじゃないんですけど……」

実家に帰る日だということを半ば忘れていた慈雨は、あわてて時計に目をやる。

午後の日差しを受ける街頭時計は、二時を示していた。乗る予定の船は二時半出発だ。

笠原が気にしてわざわざ呼びにきてくれたことを知って、「ありがとうございます、すぐに支度します」と礼をいう。

「花澤先生の件は、あまり気にしなくて大丈夫だから……腰や骨に異常はなくて、臀部《でんぶ》と肘の打撲だけで済んだって」

「本当ですか!?」

「ああ、今さっき連絡があったらしい」

ひとまずほっとした慈雨は、笠原にもう一度礼をいってシャワー室に飛び込む。

その気になれば水分を飛ばせるが、急いでいても能力を使うわけにはいかなかった。

笠原の視線や防犯カメラを意識して、普通に髪や体を洗う。

そして更衣室に行き、ジャージに着替えて大急ぎで部屋に戻った。

十階にある自室のドアを開けると、左手奥の寝室にルカがいた。

Tシャツと白ジャージのパンツ姿でベッドに横たわり、「慈雨」と声をかけてくる。

「先輩……」

「船、二時半だろ?」

ルカは慈雨の出発時間を気にしていたらしく、半分起き上がって「急がないと」といった。

「笠原に呼びにいくよう頼んだんだけど、会った?」

「はい、先輩が伝えてくれたんですね。ありがとうございました!」

慈雨は着たばかりのジャージを脱ぎ、昨夜のうちに準備しておいた私服に着替える。

寮を出るときは派手な服装をしてはいけない決まりがあるので、濃紺のTシャツと迷彩柄のカーゴパンツに、登山靴という出《い》で立ちだ。靴はドアの前で履くので、箱から出してかかえていく。同じく準備しておいたバッグも手にして、寝室の前で足を止めた。

「先輩、慌ただしくてすみません。船の時間なんでもう出ます」

「うん、気をつけて」

それしかいえずに、慈雨は最後にぶんと頭を下げる。

いいたいことはいろいろあった。

あとで耳に入るだろうが、保健医の花澤が打撲だけで済んだこと……そうだとしても、あのとき自分はやりすぎてしまったこと。責められて当然だと思っていること。十分反省しているけれど、真っ先に海水に浸からずにはいられなかった体質のこと――。

謝りたいし弁解したいし、今にも口から言葉があふれそうだった。

けれど今はなにもいえず、靴紐《ひも》をきつく結んで部屋を飛びだす。

船は予約制で、指定した時間に合わせて本土側からわざわざ迎えにきてくれるのだ。

当然、遅れることは許されない。

ルカもなにかいいたそうにしていたが、まともな会話もなく別れることになる。

海水に浸かることを優先し、残るすべての時間を割いてしまった、自分の選択の結果だった。

《四》

ルカから離れた途端にルカに会いたくなりながら、慈雨は恋島をあとにする。

小型船に乗って本土にある恋島公園まで行き、そこからバスで沼津駅に向かった。

学校に預けてあったスマートフォンを使って三島《みしま》駅に行き、新幹線に乗る。

外出届を出すとそれに合わせてスマートフォンを充電して返してくれるシステムなので、電池残量は百パーセントになっていた。

三島から新横浜《しんよこはま》までは二十六分で、ゆっくり考え事をしている暇もない。

新横浜に着くと、白いリムジンが待っていた。

恐竜の影を持つ運転手が乗っていて、車の上まで影が突きでている。

周囲の注目を浴びているリムジンに近づくと、運転手が降りてきて深々と一礼した。

「慈雨様、お帰りなさいませ」

「ご苦労様です」

挨拶をした慈雨に、運転手は「恐れ入ります」といいながら後部座席のドアを開く。

車内には誰もいないと思っていたが、双子《ふたご》の弟の倖《こう》と、その下の弟のミハイロが乗っていた。二人は声を合わせて「お帰りなさい！」と迎えてくれる。

「倖ちゃん、ミハイロ、乗ってたんだ」

「うん、慈雨くんに早く会いたくて来ちゃった」

そういって笑う倖は、慈雨と双子でありながらも見た目がまったく違い、白い肌と琥珀《こはく》色の目、艶々の黒髪を持つ美少年だ。十五歳になった今でもベビー感があり、まるで天使のように愛らしい。

一方でミハイロは慈雨と同じ小麦肌で、長く伸ばしている髪は銀色、目は紫だ。兄弟の中で一人だけ突出して体格がよく、身長はすでに一八五センチもある。

異能力的には慈雨のほうが多才で優れている……といえなくもなかったが、高貴な雰囲気をまとい、知的で、将来は竜王になる貫禄《かんろく》を持ち合わせていた。

「慈雨兄さん、お帰りなさい」

「ミハイロはいつから来てたんだ？」

「今朝到着したんだ。潤《じゅん》ママの誕生日会に合わせて」

「俺の都合で前倒ししてもらって悪かったな、ほんとは二十一日なのに」

「僕は早く来られてよかったと思ってるよ。一日でも早くみんなに会いたかったから」

そういってほほ笑むミハイロは、相変わらず美しく、如何《いか》にも王子様という気品がある。

諸事情あって一月のうち四分の三はロシアですごしているものの、竜嵜《りゅうざき》ファミリーにとって欠かせない一人だ。

「俺が聖ラファエルに行ってから初めてだな」

「そうだね、先月は慈雨兄さんに会えなかったからさびしかったよ」

「今度お前にも手紙書くよ。倖ちゃんに預けるから来たとき受け取って」

「本当？　それはたのしみだな」

「倖ちゃんの手紙みたいに凝ってないけどな。ガラスペンとかスタンプとかシールとか、全然使わないし」

「倖兄さんはそういうところすごくまめだから」

「美路《みろ》くんにはメールばかりだったけど、今度お手紙出してみようかな」

慈雨とミハイロが話していると、倖がニコニコと笑いながら身を乗りだしてくる。

「ロシアに手紙を出すにはどうしたらいいんだろう？　今度ちゃんと調べなくちゃ」

「届かないんじゃないか？　ロシアはロシアでも、ミハイロの家はバイカル湖の底だろ？」

「メールの受信も普通にはできない環境だから、難しいかもしれないね。でも倖兄さんの手紙、僕も欲しいな」

「じゃあ今日、今日書くね。明日手渡しするよ」

倖はそういってミハイロの腕に抱きついた。

ミハイロはよろこび、「最高のお土産だね」と美しくほほ笑む。

二人は体格差があるので、ミハイロとくっついていると倖がいっそう小さく可愛く見えて、慈雨は少しうらやましい気持ちになった。

倖に対する恋情は落ち着いた一方で、ルカと自分の関係性を想像する。

ルカの腕に手を絡めて可愛く抱きつくのは、いつも自分だ。今のところ逆はない。

自分がミハイロくらい大きかったら変わっていたのでは……と思うと、ミハイロの身長や、逞しい体が欲しくなった。

同い年の兄弟なのだから、自分だってミハイロくらい大きくてもおかしくないのだ。

「ミハイロはさ、普段どんなもの食べてんの？」

「――え？　どんなものって、いろいろバランスよく食べてるよ」

「俺もそうなんだけどなぁ……しかもカルシウム多めだし、もっと育っていいはずなのに」

「慈雨兄さんは身長のことで悩みがちだね、でもまだ十五歳だから」

「まあな、これからだよな」

うんうんとうなずいた慈雨に、倖が「慈雨くんは今でもカッコイイよ」とフォローする。

無理せず正直にいっている顔が、慈雨の胸にじんわりと染みた。

うれしいが、しかし欲しいものは欲しいのだ。

「ミハイロくらい……いや、もっと欲しいな、パパと同じくらいデカくなりたい」

「一九〇センチ？　可畏《かい》パパは厚みもあるし、存在自体が重厚だよね」

「ほんと、パパは筋肉の鎧《よろい》みたいでカッコイイよね」

「ああなりたい。強そうで頼もしくて思わずぎゅっと抱きつきたくなるような、ああいう体が欲しいんだわ」

ふうと溜《た》め息《いき》をついた慈雨に、倖がそっと手を伸ばしてくる。

肩に触れ、「僕の分も、慈雨くんの身長が伸びますように」と祈ってくれた。


弟たちと一緒に竜泉《りゅうせん》学院の寮内にある家に帰ると、父親の可畏と、男でありながらも母親の潤が待っていた。

二人とも三十歳を超えているが、相変わらず二十歳そこその若さを保っている。

「慈雨、おかえり」と迎えてくれる可畏と潤に、慈雨は吸い込まれるようにハグをした。

「ただいま」というと、「おかえり」とさらに強く抱き締めてくれる。

ほっそりした潤ですら慈雨よりも十センチ高いので、慈雨はまたしても自分の身長の低さを実感する破目になった。

永遠の美少年といった雰囲気の潤は、「ルカ先輩は？　連れてこなかったの？」といって、きょろきょろと慈雨の後ろを見回す。

「誘いたかったけど、後輩の母親の誕生日会とか誘われるの面倒かなって思って、遠慮した」

「あー……それもそっか、強制参加させちゃうもんね」

「そうそう、逆だったら肩こるかなーって」

「せっかくのお休み、潰しちゃ悪いね」

そうそうと答えた慈雨は、「ママごめん、プレゼント用意してない」と謝罪する。

お土産としてうなぎパイの豪華版をたくさん買ったが、それはプレゼントにならないことはわかっていた。

「歌とか歌ってくれればいいよ」

「あ……そういや学校でさ、歌ったんだ、全校生徒の前で」

「マジ？　すごいね、なに歌ったの？　アイノウタ？」

「いやいや、聖歌。五月にはマリア祭ってのがあってさ、そこで『アヴェ・マリア』をラテン語で歌ったわけ」

立ち話をしながら報告すると、「すごい！　明日歌ってくれる⁉」と潤は興奮する。

「うん、歌う歌う。ママを感動させないと」

そういうと後ろに控えていたミハイロが、「それなら僕がピアノを弾くよ」といいだす。

倖は拍手して「うわぁ、すごいたのしみ！」とよろこんだ。

可畏は「慈雨は歌が上手いからな」と、自分のことのように誇らしげだ。

「立ち話もなんだから、座って座って。ビワのゼリーとアプリコットのケーキを作ったんだ。夕食は慈雨の好きなものたくさんだよ」

「ん、ありがと」

慈雨は居間のソファーに腰かけて、弟たちに挟まれながら可畏と向かい合う。

なにか訊かれるかなと思ったが、学校はどうだとか勉強はどうだとか訊かれることはなく、元気な姿を確かめるように、じっくりと見つめられた。


家族五人で一緒にいる間は、普通に食べたり笑ったりしてたのしくすごせて、ルカのことも保健医のこともほとんど思いださずに済んだ。

そのときはそれでよかったものの、自分の部屋で独りになると、笑ってすごしていたことに罪悪感を覚える。

あわただしく長い一日が終わろうとする中、やり直したいシーンが繰り返し頭をよぎった。

眠れずにベッドの上で鬱々としていると、コンコンと控えめにドアを叩かれる。

倖ちゃんかな……と思って「はい」と答えると、「慈雨くん起きてる？　入っていい？」と、倖の声が聞こえてきた。

「いいよ」

そういったときにはもう、倖の存在に救いを求めていた。

独りでは眠れそうにない夜を、可愛い弟とすごしたくてたまらなくなる。

ノックが聞こえる前から、倖が来てくれることを密かに期待していた自分に気づいた。

「久しぶりだし、一緒に寝てもいい？」

「もちろん」

パジャマ姿で枕をかかえている倖は、甘えん坊でいながらも慈愛に満ちている。

慈雨は慈雨で倖に甘えて……けれどもそれをなるべく態度に出さないよう、兄っぽい顔をしながらベッドに迎え入れた。

「ミハイロへの手紙は書いたのか？」

「うん、最近練習してるイラストをつけて、頑張って書いてみたよ。美路くんちゃんと取っておいてくれそうだから、なんか緊張しちゃった」

「俺だって倖ちゃんからの手紙は取ってあるよ」

「ほんと？」

「ほんとほんと。逆に訊くけど、捨てると思う？　俺が」

「思わなーい」

ふふっと笑う倖とベッドの中で体を寄せて、お互いの腕をさすり合う。

こうしているだけで悪いものが落ちていく気がして、体の芯から癒やされた。

「慈雨くん、ルカ先輩となにかあった？」

ダブルベッドの中で、そっとささやかれる。

心の傷をえぐらずに、上手く触れてくる声だ。天使の声に他ならない。

「なんで？」

「ルカ先輩の名前が出るたびに、なんとなく悲しそうな顔してたから」

「ほんと？　そんな自覚全然なかった。ママにも気づかれてたかな？」

「大丈夫だと思う。ママは忙しくて、慈雨くんのことじっと見てる余裕なかったと思うから。パパは気づいてるかもしれないけど」

「そっか……」

倖のいう通りなんだろうなと思いつつ、慈雨は枕に半面を埋もれさせる。

同じようにしている倖と、薄闇の中で顔を見合わせた。

「ちょっといろいろあってさ……聞いてくれる？」

「もちろん聞くよ」

「ありがとう……今日さ……」

なにからどう話すべきかと考えるだけで、心が聖ラファエルに戻っていく。

恋島の山頂に向かう長い階段や、じっとりとした暑さを思いだした。

やや不快な記憶に重なるのは、ルカの涼しげなほほ笑みだ。

倖の隣にいるのに、ルカの隣にいないことがさみしくなる。

「二十年前に卒業した生徒が、タイムカプセルを掘りだすために学校に来ててさ……それで、ルカ先輩と一緒にシャベル持っていく手伝いをしたんだ。そしたら……タイムカプセルの前に人骨が出ちゃって、そのまま幽霊騒ぎになった」

「……人骨？　え、御遺体ってこと？　なにか事件とか？」

「うん、ルカ先輩は幽霊の思考を読めるから、殺人事件だっていってた。なんか、自分のこと女だと思いたいっていうか、女になりたい男子生徒の幽霊だったみたいで……その幽霊がさ、保健医にとり憑いたんだ。たぶん、その場にいた唯一の女の人だったからだと思う」

「うん」

「三十代の美人保健医で、巻き髪でお洒落で細くて……明るくて感じのいい人なんだけど……憑依されたもんだから、おかしくなって……ルカ先輩につかみかかったあげくに、キスしようとしたんだ」

「キス？」

「うん。そんなの黙って見てられないじゃん？　だから咄嗟に腕をつかんで、そのまま普通に引きはがせばよかったんだけど、勢い余って……っていうか、頭にきてたから分別がつかなくなって、結構思いきり放り投げちゃったんだ。一本背負いみたいに、女の人を……」

「そうだったんだ」

「あとでわかったことだけど、怪我《けが》は大したことなかったらしくて、打撲だけで済んだ。けど人間の……普通の女の人を病院送りにしたのは事実だし、それでルカ先輩から『女性になんてことを』って責められた」

「慈雨くん……」

言葉にしてみると、ルカの責め口調がいやというほどリアルによみがえる。

竜人の力を持っている以上、普通の人間よりも慎重に……感情的にならずに振る舞う必要があるのに、自分にはそれができなかった。

その後すぐにプールに浸かる非常識な行動を含めて自省すると、人間と一緒に暮らしていく自信がなくなっていく。

ましてや恋人同士になるなんて、無謀な考えだったのかもしれない。

「僕たちは……日本の法律に従って生きるしかないし、過剰防衛になるほどのことをしたなら、それはやりすぎってことだと思うから反省が必要だけど……でもルカ先輩の言葉に、そんなに落ち込まなくてもいいと思うんだ」

「倖ちゃん……」

「ルカ先輩は幽霊の思考を読んでいて……その人が殺人事件の被害者だってことを知っていたわけだから……幽霊の中身にも同情してたんじゃないかな。そのうえ女の人に対する優しさも持っているから、つい……本当につい……慈雨くんを責めてしまったんだよ。今頃はきっと、慈雨くんの気持ちを……先輩をどうしても守りたかった気持ちを……汲《く》んであげられなかったことを、後悔してるかもしれないよ」

「そうかな……」

「うん。好きな人が他の人からキスされそうになったら、どうにかしたいと思うよね。それは普通のことだと思う。僕たちは人間より力が強いから、普通では済まされなくて、もっと気をつけなきゃいけないけど」

「気をつけられなかった、素が出ちゃって」

「いつも理性的でいることは、難しいことだよね。恋とかすると、それによる嫉妬とか、独占欲とか、初めての感情がたくさん湧くわけだから、ミスはあり得ると思う」

倖は慈雨の肘を優しく撫でながら、「反省は必要だけど」と苦笑する。

倖に許されると少しだけ心が軽くなって、代わりにまぶたが重くなった。

涙が出そうになるのを、ぐっとこらえて「ありがとう」と笑う。

「……そういえば、恋って……いったっけ?」

「いわなくてもわかるよ」

「……マジ?」

「うん、双子だからじゃないよ」

「誰にでもわかっちゃう?」

「うん、わかっちゃう」

ふふふと笑う倖の胸に顔を埋めて、慈雨は愛しい弟の匂いに包まれる。

倖への恋情は親愛の情に戻ったものの、やっぱり好きで……一緒にいると心から安心した。

子供の頃にお気に入りだった、ふわふわのブランケットに包まれた気分になる。

恋をしていることを、誰からもわかられてしまうのは恥ずかしいな……と思いつつ、ルカを「恋人なんだ」と家族に紹介できる日が来ると、信じたい。人間の恋人を持つなんて、未熟な自分には無謀かもしれないけれど、諦めたくなかった。


翌日、潤が可畏と散歩に出ている間に風船アートの業者が入り、室内が飾りつけられる。

今年は淡いグリーンを基調にして、リビング丸ごと風船だらけになった。

パール調に光る風船もあれば、ドライフラワーを内包した凝った風船もあり、潤の名前など、文字入りのものもたくさんある。

リビングの入り口には大きな風船のアーチが設置され、イベント会場の入場口といった風情だった。

「おお、圧巻だな！」

「ほんとだねー。こんなにたくさんの風船を見たの久しぶりかも」

「潤ママのイメージにぴったりの、優しいグリーンだね」

慈雨と倅とミハイロは、飾りつけ完了の確認をする。

業者が帰ったあとはミハイロがグランドピアノの前に座り、『アヴェ・マリア』を弾いた。

慈雨は本番まで歌わないつもりだったが、ピアノに釣られて少しだけ口ずさむ。

それだけでわくわくしている倅に、「慈雨くん天使の歌声ー」と称《たた》えられた。

ミハイロからも、「慈雨兄さんは本当にいい声だよね、腕が鳴るよ」とほほ笑まれる。

弟たちと三人ですごしていると、可畏の生餌《いきえ》の幸成 兜《ゆきなりかぶと》がやって来た。

「御来客ですー」

さらさらの茶髪ショートの幸成は、三十代になっても相変わらず小柄で可愛らしい姿で……しかしなぜか不機嫌そうな顔で報告してくる。

生餌は、草食竜人の血が必要な肉食竜人の可畏のために、毎日血液を提供してくれる大切な存在だ。特に幸成は長く仕えていて、子供たちのベビーシッターも務めてきた。

「幸成さん、来客って?」

スピノサウルス竜人の蛟《みずち》さんでも来たのかな……と思った慈雨に、幸成は「なんかすっごい綺麗な人でしたよ。いやになっちゃうくらいの超美人」と、嫉妬丸出しの苦い顔で答える。

「聖ラファエル学園の是永《これなが》ルカさんですって」

幸成がそういった瞬間、慈雨は耳を疑いながら硬直した。

まさかと思って聞き返そうとすると、隣で倖が「はいはーい、僕が招待しました！」と手を上げる。

「倖ちゃん⁉」

「ママが招待したいっていってたし、ルカさんも慈雨くんに早く会いたいんじゃないかなって思ったから、今朝学校に電話しちゃった」

「電話⁉　緊急連絡先のこと⁉」

「うん。だってほら、緊急だし、急がないとお昼に間に合わないでしょ？」

倖は罪のない顔でニコーっと笑い、「お通ししてください」と幸成にいう。

ミハイロが「慈雨兄さんの好きな人？」と訊くと、「そうそう、先輩でルームメイトでね、すごい美人さんなんだよ」と説明していた。

「倖ちゃん、マジで？」

「母の誕生日会をやるのでよかったら来てください……って、それだけいったの。本当に来てくれるかわからなかったけど……こうして来てくれたってことは、ルカ先輩は慈雨くんに早く会いたかったんだよ。きっとそうだよね？」

「そ、そうかもしれないけど……」

突然のことにどうしていいかわからなくなった慈雨は、風船のアーチの下で立ち尽くす。

そうこうしているうちに刻一刻と時がすぎていき、一度出ていった幸成が戻ってきた。

「お客様をお連れしました」という一言に、心臓がぎゅんと跳ねる。

どうしよう、どうしようと思っていると、本当にルカが現れた。

寮の最上階にある竜嵜家の主扉の向こうから、「お邪魔します」と声をかけてくる。

ルカは両手いっぱいの大きな花束をかかえていて、花に劣らぬ姿で慈雨の度肝を抜いた。

白い長袖シャツに黒のパンツというシンプルな恰好《かっこう》なのに、今日もとんでもなく美しい。

「先輩……」

ああ、なんて花が似合うんだろう……なんて清楚《せいそ》なんだろう——そんな感動でいっぱいで、言葉が出てこなかった。

ルカがかかえている花はピンク系が多く、丸みのある可愛い花ばかりだ。

その優しさが似合うほほ笑みを浮かべ、ルカは照れくさそうに花束を差しだす。

「お母さんの誕生日だって聞いて……なにかプレゼントをと思ったんだけど思いつかなくて、お花を……」

「先輩……」

緊張している様子のルカから、慈雨は花束を受け取った。

ありがとうございます——といったが声がほとんど出なかったので、もう一度「ありがとうございます。母がよろこびます」というと、散歩に出ていた可畏と潤が戻ってくる。

「あれ、ルカくん？　来てくれたんだ？」

「あ……急にお邪魔してすみません。お誕生日おめでとうございます」

「先輩、せっかくだから直接渡して」

「あ、うん」

慈雨は一度受け取った花束をルカに返し、ルカはそれを潤に差しだした。

女性が好みそうな花束は潤にもよく似合っていて、可畏も穏やかな顔で見ている。

「綺麗なお花……しかもすごいボリューム！　どうもありがとう！」

「御家族水入らずのところにお邪魔して申し訳ありません」

「僕が誘ったんだよ！　ルカ先輩に来てほしかったの！」

すかさずフォローを入れた倖に、ルカはぺこりと頭を下げた。

「遠いところわざわざ来てくれてありがとう。お花まで用意してくれて……本当にうれしい！　今日は御馳走《ごちそう》ってわけじゃなくておにぎりパーティーなんだけど、よかったらたくさん食べていって。ケーキもあるから、その分の余裕は残して」

潤はルカの背中を押して、ダイニングに連れていく。

風船で出来たアーチを潜《くぐ》り、「割れそうでちょっと怖いね」と気さくに声をかけていた。

先月ひと悶着《もんちゃく》あったにもかかわらず優しい潤の態度に、慈雨はほっと胸を撫で下ろす。

もちろん心配していたわけではなかったが、ルカが自分の家族に普通に受け入れられていることに安堵《あんど》した。

可畏は生来きびしい顔つきをしていて愛想こそないものの、「ゆっくりしていってくれ」と声をかけている。

普段他人に甘い顔をしない父親なだけに、慈雨の目に印象的に映った。

ルカは可畏に感謝している様子で、ぺこりと深く頭を下げる。

「みんな揃ったので、ママの誕生日会を始めまーす」

全員がテーブルに着くと、倖が「拍手ー」と音頭を取る。

「ママ、おめでとう」

「潤、おめでとう」

「おめでとうございます」

黒子のような恰好の竜嵜家御用達《ごようたし》のカメラマンがどこからともなく現れて、「すみません、皆様こちらに視線をください」といって数枚の写真を撮った。

ルカは少しおどろいていたが、いわれた通りにする。

そしてみんなで『Happy Birthday to You』を歌い、潤以外の全員が声を揃えた。

生餌の幸成が、蠟燭《ろうそく》に火を灯《とも》したケーキを運んできて、潤の前に置く。

蠟燭は大きいのが三本、細めのものが四本あり、三十四歳の誕生日を示していた。

「みんな、ありがとう!」

歌が終わると、潤が炎に息を吹きかける。

もちろんそういった一瞬一瞬を、カメラマンが撮っていく。

七本全部の炎が消えると、全員でふたたび大きな拍手を贈った。

「おめでとう!」

「おめでとうございます」

「みんなほんとにありがとう。今日は慈雨と美路くんのリクエストで、おにぎりパーティーにしました。ルカくん、こっち半分がヴィーガン用で、そっち半分はなんでもあり。お肉やお魚、魚卵なんかも入ってるから。どれでも好きなの食べて」

「はい、ありがとうございます。いただきます」

ルカの隣に座った慈雨は、ヴィーガン用には目もくれず、潤の字で「イクラ」「エビ天」とメモがついているおにぎりを手に取る。

最終的には十個食べるつもりでいた。

ルカはまだ緊張しているようで、お茶を口に含んでいる。

慈雨が「天むすおいしいですよ」というと、「いただく」とエビ天おにぎりを手にした。

女性保健医を投げ飛ばした件など、いろいろと話したいことはあったが、家族がいる祝いの席なので、無難に食べものの話ばかりする。

「誕生日の主役なのに、本人が作ってるんですよ」

「そうなんだ？　こんなにたくさん握るの大変そうだね」

「アシスタントはいますけどね、さっきケーキ持ってきてくれた幸成さんとか」

「お母さんフードコーディネーターだよね？　そのアシスタント？」

「そうそう、可愛い人だったでしょう？　元々は俺たちのベビーシッターをやってくれてて、今は母親のアシスタントなんです。家族の誕生日は、基本的にはこんな感じで小ぢんまりで、節目のときは竜嵜グループの関連ホテルとかで大々的にやってるんです。父が三十歳になったときは派手でした」

「盛大なんだろうね」

「はい。ビュッフェスタイルなんですけど、いろんな食べものの屋台っぽいのが出るんですよ。会場内に回転寿司とかもあって、お祭りっぽくてたのしいんです」

「回転寿司？　すごいね」

「次の節目のときはぜひ先輩も」

「……っ、ありがとう」

慈雨はルカと並んでエビ天おにぎりを食べ、聖ラファエル学園での食事風景を思いだす。

いつもと同じようにルカと一緒に食事をしていると、なにもなかったような錯覚が起きたが、あとで話さなければいけないことはわかっていた。

「あ、そうそう……このあと歌のプレゼントがあって、俺が『アヴェ・マリア』歌うんです。下の弟がピアノ弾いてくれるんで、それに合わせて」

「そうなんだ？　いいね、慈雨の歌は感動的だし」

「先輩も一緒に歌います？」

「……え？」

「先輩、歌めっちゃ上手いし、いい声だし、せっかくだから一緒に」

そう誘った慈雨は、みんなの前で誘ったら断りにくかったかな……と少し反省するものの、まわりが空気を読んで誰も食いつかなかった。

二人の会話が聞こえていないような顔で、雑談しながらおにぎりを食べている。

こういうときに「ルカくんの歌も聴きたい！」などといって身を乗りだしたりしないあたり、潤は聡明《そうめい》で優しい。

「あの……無理しなくていいですからね」

「いいよ、歌おう。歌がお祝いの一つになるなら、ぜひ一緒に」

「ほんとですか？　無理してません？」

「大丈夫、聖歌だし。子供の頃から人前で歌うのは慣れてるから……とはいっても、ちょっと緊張するけど……慈雨の声量すごいから、引っ張られていい感じに歌えそう」

ルカはふふっと笑って、「歌詞大丈夫かな？」と小首を傾《かし》げた。

快く受け入れられたことによろこんでいると、潤が「ルカくんも歌ってくれるの!?　すごいうれしい！」と食いついてくる。

倖も大よろこびして、「ルカ先輩、僕もうれしいです。たのしみ！」と声を弾ませた。

ルカの正面に座っているミハイロは、「御挨拶が遅れましたが、僕は下の弟のミハイロです。ピアノを弾かせてもらうので、よろしくお願いします」とルカにほほ笑みかける。

「こちらこそ遅れてすみません。慈雨くんのルームメイトで、是永ルカといいます。ピアノ、よろしくお願いします」

「僕は主にロシアで暮らしているので、ルカ先輩に会えるのはもっと先だと思っていたんです。今日来ていただいて、お会いできてとてもうれしいです」

「普段はロシアで暮らしているんですか……それはなかなかお会いできませんね。思いきってお邪魔してよかったです」

「噂《うわさ》に違《たが》わず綺麗な方で、今とてもドキドキしています」

「そんな、その言葉そのままお返ししたいです。慈雨くんとすごく似てるんですね」

「ありがとうございます。慈雨兄さんとは小さい頃からよく似ていて、肌の色が同じで、髪と目の色が少し違うだけなんです」

身長はまったく違うけどな——と割り込みたいのを抑えつつ、慈雨は気品と気品がぶつかり合うようなミハイロとルカを交互に見つめる。

十五歳と十七歳とは思えないくらい落ち着いていて、完成度の高い二人だなと思った。見ているだけで、なんだか誇らしい気持ちになってくる。

ミハイロに対しては身長や体格の件で時々うらやましくなることもあったが、やはり自慢の大切な弟だ。

その弟と大事な先輩が一緒にいて会話をしている状況が、なんともうれしくて……歌を歌う前からテンションが上がっていく。

「よし、そろそろ歌おうかな」

大方食べてから、慈雨はお茶で喉を潤した。

ルカとミハイロに、「どうでしょう?」と訊いてみる。

二人は息ぴったりでうなずき、「大丈夫だよ」と声を揃えた。

潤と倖が「わー」とよろこんで拍手する中、三人でグランドピアノの前に移動する。

聖母を称える歌を、自分にとっての聖母——五月生まれの潤のために歌うのは、いたく感慨深いものがあった。

「『アヴェ・マリア』……先輩と一緒に歌います」

淡いグリーンの風船が森のように広がる空間に、慈雨の声が凛《りん》と響く。

マリア祭では歌いだしを独りで歌ったが、今日は最初からルカと一緒に歌った。

プロのアカペラアーティスト並みの声量を出せる慈雨ほどではないものの、ルカは合唱部のメンバーに負けないくらい上手で、練習もしていないのに完璧に合わせてくれる。

思えば寮の部屋で、聖歌を一緒に歌ったことが何度かあった。

そのときは鼻歌混じりで歌っただけで、こんなに本気で声を出したわけではないけれど、ルカと心穏やかにすごした日々を思いだす。

今日はピアノの伴奏があるため声を合わせやすく、慈雨はマリア祭の舞台と同じように胸を張り、伸びやかに『アヴェ・マリア』を歌い上げた。

ルカが倖の誘いに乗ってここまで来てくれたことがうれしくて、最高の気分だった。

主役の潤や、可畏や倖に目を向ける余裕さえあり、ときには笑顔を漏らす。

歌い終えると心臓がバクバクして、緊張とは違う興奮が駆け抜けた。

余韻が冷めやらぬ中、三人から大きな拍手を贈られる。

「慈雨っ、ルカくん、すごい！」

「ほんとにすごい！」

「慈雨が……あの慈雨が……こんなに立派になって……泣けるっ」

潤が、冗談ではなく本当に泣いている。

ティッシュをシュッシュと手に取って、目頭を何度も押さえていた。

間に合わずに零《こぼ》れ落ちた涙が、薄桃色の頬を滑り落ちる。

「あの慈雨ってなんだよ」

「いや……だって、あのってつけたくなるくらいやんちゃだったから」

「そんなん子供の頃の話だろ？」

「いやぁ、やんちゃ期が結構長かったから……っ、感動しちゃった」

「泣くなってばー」

「泣かずにはいられないよ」

慈雨がミハイロやルカと共にテーブルに戻ると、倖も「三人ともすっごくよかった。カッコよくて聞き惚《ほ》れたし見惚《みと》れたし、感動しちゃった」と目を潤ませている。

可畏も非常に満足した様子で、「まるでプロだな、素晴らしかった」と褒めてくれた。

なにより潤がよろこんでくれたのがうれしくて、慈雨は少し照れながらテーブルに着く。

泣くなってばーといいながらも、泣かせるくらい感動させられたことに、自分自身感激していた。

「あとはケーキだね、僕が切るね」

最後にバースデーケーキを食べるため、慈雨は倖が切り分けるのを手伝う。

偶然にも、ルカが持ってきてくれた花束にそっくりのケーキだった。

ピンクを中心としたクリームがころんと丸めの薔薇《ばら》の形に搾られていて、表面のほとんどがクリームの薔薇で埋め尽くされている。

「こんなに綺麗なケーキ、初めて見ました。食べるのがもったいないですね」

ルカがそういうと、潤はまだ半分泣きながら「食べて食べてっ、ここのは味もいいから」と、特に綺麗に切れたものを勧めていた。

慈雨はルカが家族と一緒にいる姿を見て、やっぱりルカと付き合いたいと改めて思う。

こうして一緒にいても今は同じ学校の先輩やルームメイトでしかないが、近いうちに自分の彼氏として紹介して、新しい形で家族に交じっていてほしいと思った。

「先輩、今日は来てくれて本当にありがとうございました」

慈雨はルカにフォークを渡し、照れながら笑いかける。

あとで話し合いたいことはあるが、今はただ幸せだった。


黒子のようなカメラマンが常駐していることを除けば、アットホームな雰囲気の誕生日会が終わり、慈雨はルカを自分の部屋に招いた。

学校の寮で一緒に暮らしているとはいえ、寮の部屋には最低限必要なものしか置いておらず、いわば無個性だ。

逆に壁紙の色まで個性で溢《あふ》れた自宅の部屋を見せるのは、なんとなく恥ずかしいような……うれしいような、くすぐったい気持ちになる。

「慈雨らしい部屋だな、すごい開放感……広いし、海っぽい」

「あ、やっぱり海っぽく感じますか、よかった。イルカとかヒトデとか描かれた壁紙にするか迷ったんですけど、あえて海洋生物なしで海を表現してみました」

慈雨の部屋は側面の壁紙がグラデーションになっていて、足元は深海を彷彿《ほうふつ》とさせる暗めのブルー。そこから上に向けて明るい空色になっている。

高い天井は雲の絵が描かれた特殊な柄物で、部屋全体で空と海のイメージを描きだしていた。

壁紙に色がついている分、家具は白で統一してある。

ベッドも机も本棚もブラインドも、すべて木製で真っ白だ。

ソファーなどのファブリックも白で、リネンはブルー系で素材にもこだわっている。

そんな自分色の強い空間にルカを招いている状況に、慈雨は夢見心地になっていた。

部屋に招く行為は交際を意識させる。まだ付き合っていないことは重々承知しているものの、一歩先まで進めた気がした。

「とりあえず座ってください」

「うん、ありがとう。自分の部屋にソファーまであるなんてすごいな」

二人きりになってから明らかに緊張していたルカは、真っ白なソファーに座ろうとする。

しかしすぐには座らずに、近くにあるサイドボードに目を止めた。

いくつもの写真立てが気になる様子で、「見ていい？」と訊いてくる。

もちろんですと答えると、ルカは身を屈《かが》めて家族写真に見入っていた。

飾っているのは幼い頃のものが多く、五人でプールに行ったときの写真や、みんなで可畏に寄り添って昼寝をしているときなど、仲よし家族そのものといった写真が多い。

それらをじっくりと見たルカは、「本当にいい御家族だな」とほほ笑んだ。

そのほほ笑みに哀愁を感じ取った慈雨は、はいといえずに口ごもる。

ルカの両親が火災で亡くなっていることや、ルカがその死に強い罪悪感を持っていることを知っているせいかもしれないが、先入観がなくてもわかるくらいの憂いがあった。

「こんないい御家族に、心配や迷惑をかけてしまって……」

連休前の出来事にふたたび触れるルカに対して、慈雨は「いやいや」と返す。

「それはもういいですから。うちはこういう写真の中では平和で幸せそうに見えるかもですが、普通じゃない試練もいろいろあったし、先日の件は掠《かす》り傷みたいなもんです。もう誰も憶《おぼ》えてないくらいなんで、先輩も忘れてください」

「そういうわけにはいかないよ……慈雨が傷の治る体だったからよかったものの、片耳が吹き飛ぶくらいの怪我を負わせたし、本来だったら大変な……」

「いやほんと、うちマジですごいんで耳くらいで動じませんから」

なにをどういったらルカの罪悪感を薄められるのかわからないまま、慈雨は「俺が生まれる前なんて、イタリアマフィアと戦ったあげくに首切断事件とか……ほんと命ギリギリのすごい戦いがあったんです」と事実を誇張せずに語る。

「他にもいろいろと……無人島での死闘とか湖での氷上決戦とか、命懸けの戦いを乗り越えてきてるんで、冗談抜きで誰も先輩を責めてません」

「――そうだとしても、俺はまた失敗した」

「失敗？」

ルカは結局ソファーには座らず、サイドボードの前に立ったまま神妙な顔をする。

より被害の大きな戦いの話を持ちだしたところで、楽になるわけではないようだった。

「花澤先生が霊に憑依されたとき、慈雨は俺を守ろうと必死になってくれて……それで、つい強い力を出してしまっただけなのに、俺はきつい言葉で責めた」

「先輩……」

「慈雨が人間じゃなくて、本来すごい腕力があるってこと、あの一瞬は忘れていて……全力で女性を放り投げたように感じてしまったのかもしれない。慈雨にとっては全力なんかじゃなく、あれでも抑えていたんだろうに、俺は……」

「先輩、あれに関して謝るべきは俺のほうです。人間より力が強いんだから、常に理性で力を抑えなきゃいけないのに……俺は人間の女の人に対して、全力に近い力を使いました。先輩の身を守りたいっていうのもあったけど、あの女が……あの霊が、先輩にキスしようとしたからキレたんです。それだけは絶対許せなかった」

自分が謝るべきことを先に謝られてしまった慈雨は、せめてとばかり一礼した。

ルカに対して深々と頭を下げながら、「カッとなってすみませんでした」と謝罪する。

「慈雨……」

「先輩に叱られるのは当たり前だし、竜人であろうとなかろうと、女の人を相手にあそこまでやっちゃいけない。その点はすごく反省してます。あと……あんなことしておきながら、すぐプールに行ったのも非常識だし、いけなかったと思ってます。少しいいわけさせてもらうと、俺は半分くらい海の生きものだから……強い日差しとか山の中とか苦手で、どうしても海水に浸かりたくなったんですけど……でも、絶対に我慢できないほど乾いてたわけじゃなかった。病院に運ばれた花澤先生の容態がわかるまでは、我慢するべきだったんです」

「慈雨……そんなことまで、責めてないから」

「いえ、本当にいろいろ駄目でした。先輩が笠原さんに伝えてくれなかったら、船の時間にも間に合わなかったと思うし、俺は感情に流されやすい子供で……拙いなって思いました。全部反省すべきです。本当にすみません」

もう一度ぺこりと頭を下げると、肩と腕に触れられる。

ぐいと上を向かされて、顔が近づいた。

ルカはルカで苦しそうな表情をしていて、「ごめん、本当に」と謝ってくる。

「俺を守ろうとしてくれて、ありがとう」

もったいない言葉をもらうと、涙腺がぴくぴくと痙攣するように反応した。

泣かないように抑えたけれど、声を出したら確実に涙声になりそうで……なにもいえない。

こうして話し合えて、本当によかったと思った。

お互いに気にしていたことを謝り、やっとどうにか心から笑い合える。

海と空の部屋が似合う清廉なルカの微笑に、いつものように見惚れた。

キスをしたいと思う。

霊が憑依した女性保健医から守った唇を、今、自分のものにしたい。

ルカも同じように思ってくれている気がした。

どちらからともなく、唇を寄せていく。

「先輩……」

「慈雨……」

うっとりと呼び合った次の瞬間、コンコンとノックが響いた。

あと十センチまで迫った唇を大あわてで離すと、開いたままのドアの前に可畏が立っている。

真剣そのものの真顔でこちらを見ながら、「ちょっといいか?」と声をかけてきた。

「どっ、どうぞ!　なんでしょうか⁉」

思わず敬語になる慈雨に、可畏は呆《あき》れたように溜め息をつく。

そうして部屋に入ってくると、後ろ手にドアを閉めた。

それなりに広い部屋とはいえ、可畏が来ると一気に狭くなる。

背負っているティラノサウルス・レックスの影があまりにも大きく、まともに見てしまうと圧迫感を覚えるせいだ。

人間のルカの目に恐竜の影は見えないが、それでも慈雨と同じく、独特の存在感に圧されている様子だった。おそらくは無意識に、半歩ほど後ろに下がっている。

「先日のカイザー製薬の件だが……」

可畏が切りだしたのは、連休前に慈雨を襲った誘拐未遂事件の話だった。

カイザー製薬は日本の製薬会社で、本来は人間に存在を知られていないはずの竜人を認識し、超人と呼び、その再生能力の高さなどについて密かに研究しているらしい。

ルカが所属する退魔師の団体、崇星会《すうせいかい》の一部幹部と組んで慈雨を拉致し、人体実験をしようとしていた非人道的な者たちのいる会社だ。

協力を拒んでいたルカに対しては、老いや病で苦しむ人がいない世界にするため……と一見まともなことをいっていたそうだが、突き詰めれば欲のために他ならない。

「製薬会社を買収して竜嵜グループの傘下に置き、竜人に関する研究を止めようとしたが……主力研究者が超人研究の全データを持って逃走した」

「……っ、逃走？　全データを持って逃走って、やばいんじゃ……」

「さらに研究費十数億円も持ち出している。業務上横領事件として警察が追っているが、まだ捕まってない」

「そんなことが……」

おどろくルカに視線を向け、可畏は小さくうなずいた。

「慈雨にも是永くんにもふたたび接触してくるような真似はしないと思いたいが、くれぐれも気をつけるように。少しでも不審なことがあれば、勝手に判断せずに連絡しろ」

「わかりました、十分に気をつけます」

「なにがあっても先輩は俺が守る。人間相手でも油断しないようにする」

慈雨がそういって自信満々に胸を叩くと、可畏にぎろりと睨《にら》まれる。

二十五センチも高いところから……しかもふんぞり返った状態で見下ろしてきて、「お前が狙われてるんだ」ときびしくいい聞かせられた。

「……はい、すみません」

「本当は竜泉《りゅうせん》に転校させたいところだが、月に一度帰ってくるという条件で聖ラファエルでの生活を許してやったんだ。様々なリスクがある分、慎重に暮らせ。恋愛に夢中になっていても、身の危険には最大限の注意を払うように」

可畏の言葉に、慈雨は「はい！」と大きく返事をする。

ルカは、元はといえば自分のせいだと責任を感じているようで、「すみません」と謝罪した。

竜人の存在を認識し、その力を強く欲する人間がいる以上、油断できないのは事実だ。

自分が狙われればルカの身に累が及ぶ危険があるため、慈雨は気持ちを引き締める。

なにがあっても理性的に振る舞い、ルカの安全を守らなければと、胸に誓った。

「あの……保留になっていた除霊のことなんですが……」

誓いを新たにする慈雨を余所《よそ》にルカが突然切りだしたのは、連休前に可畏と約束した除霊の件だった。ルカいわく可畏には恐竜の姿や人間の姿の悪霊がたくさん憑いていて、それはもう、常人ならば生活に支障を来たすレベルのものらしい。

「今からできたらと思うんですが、いかがでしょうか？」

「俺はいつでも構わない。このままでも不都合はないしな」

「はい。これまで平気だったなら、これからも大丈夫なのかもしれません。ただ、もし体調を崩したり気分がひどく落ち込んだりすると、隙をついて悪いものが働くかもしれません。睡眠不足や疲労の原因にもなりますので、祓《はら》っておくに越したことはないと思います」

可畏を相手に臆することなく自分の意見を述べたルカは、可畏の背後を見上げていた。

慈雨の目にはティラノサウルス・レックスの立派な影しか見えないが、ルカの目には多くの悪霊が見えていて、逆に恐竜の影は見えていない。

「それなら頼むとしよう。除霊に必要なものがあったらいってくれ」

「はい。必要なものは……場所だけです。これまでやったことがないくらい大きな悪霊なので、炎が引火しないよう屋外でやりたいと思います。人目につきにくい場所、たとえば屋上とかを使えたら理想的です」

「それなら寮の屋上がいい。このすぐ上だ」

可畏は天井を示し、ルカは「助かります、ありがとうございます」と礼をいう。

ルカの青い炎を何度も見ている慈雨は、かつてないほど大きく燃える炎を想像した。

悪霊が多く憑いているという事実が前提にあるので、わくわくしてはいけないと思いつつ、未知の光景に期待がふくらんでしまう。

「ギャラリーがいると集中しにくかったりするのか？」

可畏の問いに、ルカは少し考えてから「できれば最少人数が理想的です。特に今回はかつてない大物を扱うので」と答えた。

つまり潤や倖やミハイロには声をかけずに、このまま屋上に行くということだろう。

慈雨は自分まで弾《はじ》かれないかと焦ったが、さすがにそこまでするつもりはないようだった。

ルカは慈雨の考えを読んだかのようにくすりと笑い、「見る？」と訊いてくる。

「見ます！　見せてください」

「……では三人で、早速屋上に行きましょう」

ルカによる大規模な除霊が見られると決まって、慈雨は小躍りしたい気持ちだった。

それをなんとか抑えてシリアスな表情を作るものの、可畏にぎろりとにらまれてしまう。

どうやら考えていることが全部顔に出てしまうらしく、そんな自分の拙さに少し凹んだ。

――面白がっちゃいけないよな……パパに憑いてる霊は、過去にパパと戦って負けた竜人の霊なわけだから、そこには恨みとか苦痛とかあるわけで……パパが並の竜人だったら、かなりひどい霊障に苦しんでたかもしれない。

晴れやかな午後の屋上に出た三人は、がらんと広い中央のエリアに集まった。

主に肉食竜人が住まう第一寮の屋上には、慈雨のために作られた屋外プールがある。

それ以外は徒広《だだっぴろ》く、全体は高めのフェンスで囲まれていた。床面は雨漏り防止舗装をされた、少しやわらかくて温《ぬく》いものだ。

「そのまま、真《ま》っ直《す》ぐに立っていてください。背後に……とても大きな青い炎が現れますが、熱くなったりはしないので心配しないでください」

「ああ、わかった」

ルカは可畏と対峙《たいじ》し、シャツの胸元を緩めて金のロザリオを引きだす。

慈雨はレフェリーのように二人の間に立ち、けれども少し離れて見守っていた。

潤や倖やミハイロがあとで聞いたら、「見たかった！」というに違いない超大型の除霊を、自分だけが見られることに興奮する。

優越感よりは、むしろ申し訳ないような気持ちのほうが大きく、あとあと三人に説明できるよう、しっかりと目に焼きつけておこうと思った。

「天にましますわれらの父よ。願わくは御名をあがめさせたまえ。我らに罪を犯すものを我らが赦すごとく、我らの罪をも赦したまえ」

一年でもっともさわやかな五月の空に、ルカの祈りが響く。

空の色に負けないほど凛として澄んだ声が、青い炎を呼び覚まそうとしていた。

「我らを試みにあわせず、悪より救いだしたまえ」

クリスチャンでありながらも信仰の篤いほうではないルカは、神に祈って霊を祓うわけではなく、あくまでも自分の力で祓っている。祈りの言葉は精神集中のための文言にほかならず、十字架も炎を出しやすくするためのアイテムでしかない。

それでも祈る姿は清廉潔白そのもので、白い翼を持つ大天使のように神々しく見えた。

「――アーメン」

祈り終えたルカの手の中で、十字架が青い炎に包まれる。

これまでルカは、燃える十字架を霊に押しつけることで除霊を行ってきたが、今日は違っていた。

炎を出すなり両手を十字架から離し、代わりに炎を包むように手で輪を作る。

宗教によっては不浄とされる息を炎に吹きかけ、聖なる炎の勢いを増幅させた。

竜人とは異なる形で超常現象を起こすルカに、可畏は動じてこそいないものの、実際に見ておどろいた様子で目を見開いている。

慈雨もまた、高く燃え上がる炎を凝視していた。

ルカは可畏の眼前で燃やした炎を、両手に分ける。

左右どちらの手からも青い炎を立ち上らせ、それらを可畏の両肩に向けた。

肩のすぐ上の空気をつかむようにして、悪霊を祓おうとする。

「う、わ……っ」

静かに見ていようと思ったのに、気づけば声を漏らしてしまった。

青い炎が、可畏が背負うティラノサウルス・レックスの影を追うように燃え上がる。

慈雨が見ているものとルカが見ているものは違うが、青い炎を見上げているのは同じだった。

どこまでもふくれ上がった炎は二十五メートルプールよりも大きく広がり、悪しき霊を燃やし、青い恐竜のように形作られる。

巨大な炎の中で、火花が瞬きをくり返した。

燃えても燃えても燃やし尽くせないほど霊が多いのか、まるで次から次へと打ち上げられる花火のようだった。

太陽の下で見る青い炎はそれほど濃いものではないのに、炎と炎が重なって、ところどころマリンブルーのような青に見える。

「……っ、先輩！」

最後の炎が打ち上がったのか、火力が一気に収まった。

炎はもう、恐竜のように大きくない。

可畏の身長ほどもなくなって、そのまま消えていく。

それと同時にルカが手を引き、ふらりとその場に座り込んだ。

可畏が途中で支えなければ、屋上の床に倒れ込んでしまいそうだった。

「おい、大丈夫か⁉」

「先輩！　大丈夫⁉」

駆け寄った慈雨は可畏に代わってルカを支え、そのまま膝裏に手を入れて抱きかかえる。

頭が後ろに落ちないよう、頭部をしっかりと押さえ込んで抱き上げた。

竜人なのだから余裕で持てるが、一八五センチのルカを支えるには危なっかしく見えるのか、可畏は手を引きかねている。

「パパ、先に行って……俺の部屋かゲストルーム開けておいて！」

ルカを支えるのに可畏の手を借りたくなかった慈雨は、可畏を先に行かせることにした。

その通りに動いた可畏のあとを追いながら、「先輩！　ルカ先輩！」と声をかける。

もしや意識を失っているのではと心配したが、どうやら意識はあるようだった。

慈雨の腕をつかんで、「恐竜が……戦って、た……」とか細い声でつぶやく。

「先輩、今からベッドに運ぶから、しばらく横になってて」

「――っ、悪い……迷惑……っ、けて、ごめん」

「迷惑だなんて、誰も思わないから！」

慈雨は慎重かつ急いで階段を下り、最上階にある竜寄家のフロアに下りた。

可畏だけでなく潤や倖やミハイロも待っていて、「ゲストルームに運んで！」と潤がいう。

慈雨は廊下をバタバタと駆け、あらかじめドアが開けられていたゲストルームに飛び込んだ。

ホテルのような一室はなんとなく恋島寮のベッドルームに似ていて、いつもの日常に戻った錯覚を起こさせる。

「先輩……っ、水とか飲む？　なにか欲しいものあったらなんでもいって！」

ルカをベッドに寝かせた慈雨は、ルカの脈動を感じたくて手首をそっとつかむ。

脈拍が正常であることを確かめつつ、彫刻のような顔をじっと見つめた。

唇の色がいつもより薄く、顔には疲労感がありありと出ている。

大物を祓ったことでダメージを受けたのは明らかだった。

「なにも……ただ、少し、休み……たい」

ルカは水もなにも求めなかったが、いわれる前に潤が水を運んでくる。

それらをベッドサイドに置くと、「気持ち悪いとかない？　吐きそうだったら洗面器とか、なにか持ってくるよ。胃薬とか要る？」とやさしく声をかけていた。

「すみません……大丈夫、です……少し、休めば……」

ルカは無理してほほ笑み、そのままぐったりと枕に頭を預ける。

息苦しいのか、それとも呼吸を整えたいのか、スゥハァと深呼吸をくり返していた。

慈雨はなにもできない自分に歯がゆくなりながらも、ルカの手を握り続ける。

いつもの温《ぬく》もりを指先や手のひらから感じると、少しだけ安心できた。

「騒がしくしないほうがいいだろう」と可畏がいって、慈雨を残して全員出ていく。

ゲストルームの扉が閉められると、慈雨はいっそうルカに触れたくなった。

本当はぎゅっと抱きつきたいのをこらえて、手だけを握り続ける。

「先輩、欲しいものがあったら、ほんとに遠慮なくいって」

「……ん、大丈夫。なんか、圧倒されちゃって……量も、多かったし、思考が流れ込むときの情報量に、酔った感じ……」

そういって「ふう」と溜め息をついたルカの容態は、すでに回復傾向にあった。

早くも唇の青みが抜けて、いつもの薔薇色の唇に戻りつつある。

「もしかして、恐竜バトルを見た？」

「うん……大きな……図鑑とはだいぶ違う、黒っぽいティラノサウルスが戦ってるのが見えた。目が赤くて……恐竜というより、ゴジラみたいだった。他のティラノの首を咬《か》んで、ぶわっと血が吹きだしてた。他にも、たくさん……いろいろな恐竜が見えた気がするけど、あまりにも一気に流れ込んできて……頭が、ついて行けなかった」

「やっぱ、恐竜の殺し合いを見たらびっくりするよな」

「むしろ、ついて行けない情報量で、よかったのかもしれない」

「ついて行けてたら、もっとダメージ受けてた？」

「……ん……死者の思考は、読み取るとどうしても鬱っぽくなるからね。恐竜の姿でも思考は人間と同じで……恨みつらみが、どっと押し寄せてくるから」

「押し寄せてきたんだよね？　本当に大丈夫？」

「大丈夫。頭がついていけない量だったおかげで、助かった」

「――それなら、よかった。うちの父親のせいで、先輩のメンタル壊したくない」

慈雨が涙目をこすりながらいうと、ルカは不調を振りきるようにふふと笑う。

肩に手を寄せてきて、「涼しい、感じがする」と、小さな声でささやいた。

「慈雨には、雑多な霊が近寄らないから……こうしてると、気持ちいい」

「高性能空気清浄機として、ちゃんと機能してる？」

「……それよりもっと、いいものだよ」

にこりと笑うルカの手を、慈雨は自分の胸に抱き寄せる。

いくら守りたいと思っても、悪い霊から守ることはできなくて……退魔師としてのルカに、自分がしてあげられることはなにもない。

わずらわしい霊のいない、涼やかで綺麗な空気を提供することはできても、本当に悪く強いものからは守ってあげられないのだ。

「先輩……ごめんね」

無力感を覚えて謝ると、くすっと笑われる。

「なんで謝るの？」

「――悪い霊から、先輩を守ってあげられないから」

「そんなこと……全然いいんだよ。そこまで慈雨に守られたら、男としての俺の……というか、退魔師としての矜持《きようじ》がどうにかなっちゃうよ。俺は俺で、慈雨を守りたいんだから」

「先輩……」

薔薇色に戻った唇を見ていると、キスをしたくてたまらなくなる。

ゲストルームのドアが閉まっていることを背中で感じながら、慈雨は前屈みになった。

許してくれそうな気がして唇を近づけると、ルカの手がうなじに回る。

ゆっくりと引き寄せられながら、やわらかいキスをした。

ふにっとつぶれる、ルカの唇が愛しい。呼吸が愛しい。

ほんのりと甘い恋心が、愛に迫っている気がした。

《五》

ルカが完全に復活したあと、慈雨《じう》はルカと一緒に新横浜《しんよこはま》をあとにした。

寮の夕食の時間に間に合うよう早めの新幹線に乗り、短い二人旅をたのしむ。

すっかり元気になったルカは、「除霊絡みで休ませてもらったりもしたけど、今日は本当にたのしかった。おにぎりもケーキもおいしくて、つい食べすぎたよ。おにぎり六個も食べたの初めてだと思う」と笑っていた。

リムジンに乗ったのも初めてで、竜嵜《りゅうざき》家が竜泉《りゅうせん》学院の敷地内にあることも知らなかったので、初体験とおどろきの多い一日だったらしい。

もちろん恐竜バトルを見た影響もあるだろう。

初めて尽くしで、もうお腹いっぱいというところかもしれない。

「気になってた父の除霊もしてもらえたし、家族全員紹介できてよかったです。うちの母親の『また来てね』は社交辞令じゃないので、ほんとにまた来てください」

「うん、ありがとう。ぜひまたお邪魔させてもらうよ」

「そのときは先輩の好きなもの作ってもらいましょう」

「いや、それは……申し訳ないよ。俺そもそも好き嫌いとかないし」

「そういえばなんでも好きって感じですよね。あえていうならなにが好きですか？」

田園地帯を走る新幹線の中で、ルカはお茶のペットボトルを手に沈黙する。

真剣に考えないと出てこないくらい、これといって好きなものがないのか……と思いきや、ぱっと顔を輝かせた。

「辛いもの」

「……え？」

「たまにすごく食べたくなるのが激辛系。寮だと食べられないだろ？　たまーに麻婆豆腐《マーボー》とか出るけど、辛さ控えめなんだよな。万人に好まれるように」

「そういわれてみると確かに……カレーとかも中辛以下って感じですよね」

「そうそう、美味《おい》しいんだけどなんか物足りなくて。たまには辛いの食べたくなるんだ」

「OKです、今度うちに来るときはぜひ激辛食べましょう。父親がそういうの結構好きなんで、たまに出てくることありますよ。みんな辛いの強いんで安心してください」

「よかった、すごいたのしみだな」

「俺もです。先輩が汗掻《か》いてヒーヒーいいながら食べるとこ見てみたい」

「それは見なくていいから」

くすくすと笑いながら、慈雨は自分の家族とルカが激辛料理を食べる光景を思い浮かべる。

つい先ほどまで一緒にいたので、想像を超えたリアリティーを感じられた。

みんな当たり前に笑っていて、至極たのしそうにすごしている。

「麻婆豆腐とカレー以外の激辛メニューってなんですかね……チャーハンとか、ラーメンとか鍋とか、いろいろありそう。あ、そうだ、スマホ使えるうちに母親に連絡しておきます」

「……えっ、なにを？」

「次は激辛メニューがいいって」

「駄目駄目、そんなの今いったら駄目だって」

「え、なんでですか？　うちの母親フードコーディネーターだから、考える時間あったほうがいいと思うんですよ」

慈雨がそういってスマートフォンを掲げると、ルカは横からぐわりと手首をつかんできた。

「今は絶対駄目」と、めずらしく険しい顔で迫ってくる。

「えーそんなに駄目なんですか？」

「駄目だよ。さっき御馳走《ごちそう》になったばかりだし、倒れて迷惑もかけたのに、リクエストとか図々しいからっ」

「そんなこと思う親じゃないですよー、逆によろこぶと思う。倒れたのはうちの父親が悪霊をたくさん憑《つ》けてたせいだし、遠慮する必要まったくないですって」

「それでも駄目、絶対駄目。嫌われたくないんだよ……っ、あんな事件を起こしたあとだし、本来なら出禁でもおかしくないくらいなのに、よくしていただいて……本当に感謝してるし、嫌われたくない」

「先輩……」

嫌われる心配なんてまったく要らないのに――と思いつつも、「嫌われたくない」と真剣に二度もいうルカの想《おも》いに、慈雨は胸を打たれる。

好きな人の親から嫌われたくない、むしろ好かれたい……と思うのは、自然であり、大切な気持ちだ。ルカには両親がいないが、いれば当然自分も同じように思うだろう。

「わかりました。実際に行く予定が決まったときに、手紙でリクエストします」

「……はぁ、よかった。頼むからそうしてくれ」

「もう、気にしぃなんだからー」

「普通だよ。あ……そういえば昨日のビュッフェは中華だったんだ。麻婆豆腐も出た」

「おお、辛くないやつでした?」

「うん、やっぱりちょっと物足りなくて、笠原《かさはら》が『これが出るたびに一味を買おうと思うのに、食べ終わるとすぐ忘れる』って話してたんだ」

「豆板醤《トウバンジヤン》じゃなくて一味なんですか?」

「うどんとかいろいろ使えるから、一味がいいっていってたよ」

「じゃあ、お土産に買って帰りましょうか？」

「いいね、三島《みしま》で買えるかな？　京都《きょうと》で売ってる黄金《おうごん》一味がいいとかなんとかいってたけど、そんなの手に入らないよな？」

「こだわりがあるんですね」

一味の話をしているうちに、ルカがふと思いだしたように「あ、そういえば……昨日の犯人、捕まったらしいよ」と、なんの脈絡もなくいいだす。

「昨日のって、白骨死体……遺体事件の犯人ですか？」

そういえばもなにも話がつながっていないぞ……と思いつつ訊いた慈雨に、ルカは「うん、京都で思いだした」とうなずいた。どうやらつながりがあるらしい。

「犯人……というかまだ容疑者だけど、十八年前にうちの生徒が行方不明になったあと、すぐ退職した用務員の人だったんだ。今は京都に住んでいて、警察が任意同行を求めたらしい」

「じゃあまだ犯人とは限らないんですか？」

「……公式にはそうだけど、でも十中八九犯人だと思う。首実検したから」

「首実検？　えっと……目撃者とかに、容疑者の顔を見せて確かめる……やつでしたっけ？」

「うん。当時の写真が残ってたんで、今朝、小田島《おだじま》先生が俺のところに持ってきた」

「あ、そうか……先輩は目撃者みたいなものだから」

「霊の思考から読み取った犯人と、一致してた」

「それなら間違いないですね。あとは警察が物証を見つければ決まりだ」

「遺体が発見されたから、なにかしら証拠が出るんじゃないかな」

「出ないと困りますよね」

「うん、俺が見たものは目撃証言にはならないからな。行方不明になった生徒は、誤って海に転落したか……自殺したかって見方をされてたんだけど、十八年前に殺害されて……裸で埋められていたなんて気の毒だよな。本人もだけど、親御さんも」

「はい、本当に……」と同意した慈雨は、手にしていたペットボトルを両手で握る。

犯人の男は、事件の二年前にタイムカプセルが埋められた場所に遺体を埋めてしまい、その結果、十八年後の昨日、遺体が発見された。

しかもその場にはルカという強力な霊能力者がいて、目撃者のいない事件に目撃者が現れた形になった。

無残に殺された者の最期の願い……執念、或いは呪いのような禍々《まがまが》しいものの存在を感じて、なんだか少し怖くなる。

「あ……そういえば、あの缶のタイムカプセルはどうしたんですかね？」

「ああ、どうなんだろう？　警察が調べるために持っていったはずだけど、今はどこかな？　事件に関係ないって証明されたら、学校に戻されるんじゃないかな？」

「もう戻されてるといいですね」

「うん、なんか……OBの人たちも気の毒だったね」

「ほんとですね、手紙配るのにまた集まるのか郵送するのか知らないけど、すごく面倒くさいことになってるし、本来は綺麗《きれい》な想い出のはずだったのに……」

やっぱり卒業記念にタイムカプセルはやめたほうがいい……という結論に行き着き、二人は苦笑う。

そうこうしているうちに三島駅に到着し、一味を買うのを忘れて早々に沼津《ぬまづ》に戻った。


恋島《こいじま》公園から小型船に乗って島に向かうと、船着き場で笠原が待っていた。

まだ到着しないうちから、手を振って存在をアピールしている。

白いジャージに真っ赤な夕陽が当たっていて、映画のワンシーンのように見えた。

慈雨は笠原の姿を見るなり、一味を買い忘れたことに気づいたが、向こうはそれどころではない様子で、「ルカ！　ルカ！」と声を振り絞っている。

船首につけられたタイヤが、港に押し当てられて船が停《と》まった。

停泊することで余計に揺れを感じる小さな船の中を、慈雨とルカは足早に進む。

「笠原、なにかあったのか？」

ルカに続き、慈雨は控えめな声で「ただいま戻りました」とだけいった。

笠原はルカと慈雨を交互に見て、「思ってたより早く帰ってきてくれてよかった」と深刻な顔をしている。

いつになく焦った様子だったが、その理由はすぐにわかった。

「トラブルが起きてる。たぶん霊障問題だ」

そうじゃないかと寸前に思った慈雨の推測は当たり、笠原は「悪いものに憑かれたかもしれない」と続けた。

「なにがあったんだ?」

「村上《むらかみ》の様子がおかしいんだ。ついさっきタイムカプセルが警察から戻ってきたんだけど……アイツ、その中にあった手紙を一通……勝手に持ちだした」

「……え?　村上が?」

「絶対おかしいだろ、アイツが自分の意思でそんなことするわけない」

メガネ美少年の村上を擁護した笠原は、「絶対おかしい」と強調する。

村上の人柄は、付き合いの短い慈雨でもわかっていた。

ましてや笠原は村上の親友だ。霊障かなにか特殊な事情があるに違いないと信じて、居ても立っても居られない思いでルカの帰りを待っていたのだろう。

「村上は今どこに?」

「手紙を盗むところを先生に見つかって、今は多目的ホールにいる」

「え、なんでそんなところに？」

「村上が自分でいいだしたんだ。手紙を盗むどころかタイムカプセルに近づいた記憶もないし、なにをするかわからなくて怖いって……ルカが帰るまで自分を拘束して見張ってくれって」

港から寮に向かいながら、慈雨は霊に憑依《ひょうい》された保健医の花澤のことを思いだす。

彼女はルカにつかみかかって助けを求めたりキスを迫ったりして慈雨に投げ飛ばされたが、そのときのことを憶《おぼ》えていない様子だった。

村上も同じなのかもしれない。

私服のまま地下一階の多目的ホールに直行すると、入り口に五年生が三人立っていた。

村上とよく一緒に食事を摂《と》っている面々で、慈雨もよく知っている五年生ばかりだ。

慈雨はぺこりと頭を下げ、「ただいま戻りました」と挨拶をする。

三人は「おかえり」といいながら塞ぐように立っていた扉の前を開け、ルカを迎えた。

慈雨は自分も多目的ホールに入っていいものか迷ったが、流れるままルカに続く。

つい先日みんなでカラオケをしてたのしんだ部屋が、今は懲罰房のように使われていた。

がらんと広い空間の真ん中に椅子が一脚置いてあり、村上が神妙な顔つきで座っている。

「ルカさん！」

村上は立ち上がりかけたが、椅子ごと少し動くだけで立てなかった。

養生テープで腕を縛られていて、椅子から離れられないよう拘束されている。

「なんだってこんな……」

「笠原に頼んでやってもらったんです。ルカさん、なんか変なんです。部屋にいたはずなのに気づいたら校舎にいて、手紙を盗んだとかいわれて……でも記憶がないんですっ」

村上は真《ま》っ直《す》ぐな黒髪を振り乱しながら、必死な顔で説明する。

窓のない地下室にいるせいかもしれないが、蛍光灯の光に照らされた顔が青白く見えた。

いつも穏やかで、時には思いきり笑って、みんなの意見を上手《うま》くまとめるリーダーシップを持つ村上とは違う。

常識では理解できない状況に、明らかにおびえていた。

「村上さん、大丈夫ですか?」

「うん、大丈夫なんだけどね」

村上はメガネを取ると少し倖《こう》に似ていることもあって、慈雨は拘束された彼の姿にいささかショックを受ける。

自分から進んで捕らわれたにしても、見ていてつらくなる光景だった。

「心配しなくていい。そんなに悪い霊じゃないから」

ルカはそういって、椅子に座っている村上の肩に触れる。

「テープ外すよ」と村上に言葉をかけながらも、その視線は宙を向いていた。

緑の養生テープを指先でビリビリと切り、ジャージの袖から剝がしていく。

繊維が付着して粘着力のなくなったテープが、くるんとぶら下がった。

「やっぱり幽霊の仕業なんですか？」

「そうだと思う。紺色のパジャマ姿で、村上によく似た雰囲気の……小柄で、メガネをかけた霊が背中に憑いてる」

「――っ、背中に？　パジャマ姿でメガネの幽霊？」

「うん、あくまでも霊の主観で……二十代くらいの男性だと思う。今は憑依されてないけど、手紙を盗んだときは憑依されてたんじゃないかな。滅多にないくらい解像度が高い霊がいる。一瞬、生きてる人間がもう一人いるのかと思ったくらいだ」

「解像度……」

「うん、すごくくっきりとよく見えるんだ」

ルカは霊を見ながらそういっていたが、慈雨にはまったく見えなかった。

そんなにくっきり見える霊なら、自分にも少し見えたらいいのにと思って目を凝らすものの、やはりなにも見えない。

ところが村上は、立って後ろを向きながら「み、見えます！　幽霊！」と声を上げる。

入り口で待っていた笠原たち四人もおどろいて、ぞろっと踏み込んできた。

「僕にも、見えるなんて……うっすらとだけど……メガネかけた人っぽいのが、立ってるのが見えます」

「霊のほうから強く意識されていると、霊能力に関係なく見える場合があるんだ」

「そうなんですか？」

「うん、なにしろ憑依するくらい意識されてるわけだから」

ルカはそういって、両手指を大きく開いて肩まで上げる。

「こうすると、たぶんもっと見える」と、慈雨と村上の肩を同時につかんだ。

「――っ、ぁ！」

ルカの手のぬくもりを感じた次の瞬間、慈雨は村上の背後に霊の姿を見る。

先ほどまではなにも見えなかったのに、今はパジャマや直毛の黒髪、メガネまでしっかりと見て取れた。

残念ながらくっきりといえるほどではなく、表情まではわからなかったが……確かに村上に似ている霊だ。

「見えた。俺にも見えます！」

「僕も、さっきよりくっきりと……よく見えます……」

「ここまで明瞭に見える霊は本当にめずらしいんだ。なにか訴えたいことがあるんだと思う。なんで手紙を盗んだのか、今から事情を聞いてみるよ」

ルカが慈雨と村上の肩から手を離すと、霊の姿は霧靄《きりもや》のように消えてしまった。

しかし見えなくなっただけで、変わらずそこにいるのだ。

村上の背中に、ぴたりと寄り添うように立っている。

慈雨はルカの発言を完全に信じてはいたものの、実際に霊を目にしたことで、死者の意思や存在を実感した。

プールのときの霊よりも冷静で、人間らしさが残っている気がする。

——白骨遺体の霊は昨日除霊したんだし、それとは別物ってことだよな？

相次ぐ幽霊事件に緊張と興奮を感じながら、慈雨はルカの言葉を待つ。

ルカは村上の背後に手を伸ばし、右手で霊に触れているようだった。

一見空気をつかむような仕草だが、おそらく霊の肩に触れている。

そうしてしばらく沈黙したあと、村上の顔をじっと見下ろした。

「——盗んだ手紙は、自分が書いたものなんだって」

「……え？　手紙？　じゃあ、ＯＢなんですか？」

「うん。村上は高校時代の自分にそっくりらしい」

「確かに、似てましたけど……」

「二十年前の卒業生で、タイムカプセルを掘りにきたＯＢの同級生。今から十年前に、二十八歳の若さで亡くなってる。遺伝性の病気で、タイムカプセルに入れる手紙を書いたときから、自分の寿命はだいたいわかっていたらしい」

ルカは幽霊と村上を交互に見て、「このまま祓《はら》うこともできるけど……」とつぶやいた。

そういいながらも強制的なことはしたくない様子で、村上の肩をふたたびつかむ。

霊の姿をもう一度見せながら、「村上に憑依して盗んだ手紙は……好きだった親友に宛てたラブレターだったんだ」と説明した。

「ラブレター？　二十年後の自分に宛てた手紙じゃなくて？」

「あのタイムカプセルは本来そういう趣旨の企画だったんだけど、この霊は二十年後に自分がいないことをわかっていたから、代わりにラブレターを書いたんだ。封筒に、自分の名前ではなく好きな相手の名前を書いて、彼が受け取るように仕向けた」

慈雨はルカの隣で話を聞きながら、そうなると同じ名前の封筒が二通あるのでは……と思い、そのまま訊《き》いてみたくなる。

それをこらえて黙っていると、ルカはまるで慈雨の心を読んだようにうなずいて、「つまり彼宛ての手紙は二通あるんだ」と指で二を示した。

「亡くなったこの人は、死ぬ間際になって手紙のことをひどく後悔した。三十代後半になった相手が、幸せな結婚生活を送っていたら……そんなところに同性からのラブレターが届いたら、誤解を生むんじゃないか……迷惑をかけるんじゃないかと後悔するあまり、タイムカプセルを掘りだすことまで考えた。でもそのときすでに入院中で……ベッドから起き上がることもできなかった。けど、気持ちのうえではこの島まで来ていた。それくらい……自分が書いた手紙を処分したかったんだ」

ルカの話を聞いていた慈雨と村上、そして笠原を始めとする五年生四人は、同時にざわっと声を漏らす。

「今の時代、そんなの気にしなくてもいいんじゃないか?」と、意見したのは笠原だった。

慈雨も同じことを思っていて、村上も「そうだよね」と同意する。

幽霊の気持ちを語るルカも、当然のようにうなずいていた。

「俺たちの感覚ではそう思うわけだけど、この霊はそう考えてない。二十歳以上も年上だから、感覚がいろいろ違うんだと思う。本来はすごく真面目な性格で……思いきってやってしまった高校時代の過ちを、心から悔いていたんだ。だから、死後にこの島までやって来た。いわゆる幽霊になって、タイムカプセルの中の手紙に憑いた」

「手紙に、憑いてたんですか?」

村上の問いに、ルカは「うん」と短く答える。

そしてふたたび霊に視線を向けると、「自分そっくりの村上を見つけて、憑依して、手紙を処分しようとしたんだ」と説明した。

「それで、手紙を盗んで……」

「幽霊になったところで手紙を自力で処分することはできないから、人に憑くしかなかった。村上と波長が合ったから……タイムカプセルが学校に戻されたタイミングで、村上に憑いた。悪いことをしてしまったと謝罪してるよ」

「……え？　幽霊が、謝ってるんですか？」

「うん。人としての意識がしっかりした霊だから、肉体がないってだけで人間と変わらない。自分の勝手で巻き込んでしまって、悪かったっていってる」

「そ、そうなんですか……いえ、こちらこそ、大騒ぎしてすみませんでした！　自分の手紙をどうするのも自由だし、その幽霊は……なにも悪くないですよね」

「村上がそういってくれて、ほっとしてるみたいだ」

「よかった……」

ルカが普段のようにやわらかくほほ笑むと、村上はへなへなと椅子に腰を落とす。

初めての体験にショックを受けて疲れた様子で、「悪い霊じゃなくてほんとよかったー」と胸を撫《な》で下ろしていた。

「ルカ、問題の手紙はタイムカプセルに戻されて先生が管理してるんだけど、どうするんだ？事情を話して一通だけ出してもらうか？」

「ああ、そうだな……少し霊感がある関係で小田島先生が一番理解あるから、話してみよう。この霊の希望通り手紙を破棄して……」

「待ってください！　ほんとにそれでいいんですか？」

これまでおとなしく黙っていた慈雨は、こらえ切れずに割って入る。

ルカと笠原はおどろいた様子で、揃《そろ》って不思議そうな顔をした。

「幽霊の望みを叶《かな》えて、成仏……いや、帰天させるのがいいのかもしれないけど……ほんとに破棄しちゃっていいんですか?」

「慈雨……」

「今の時代、同性の友人から昔のラブレターが届いたくらいで家庭崩壊なんてしないと思うし、そんな罪悪感かかえるようなことじゃないのに」

「それは、そうだけど……」

「なんていったらいいかわからないけど、なんか……そのラブレターがかわいそうっていうか、書いたときの気持ちが……恋心が、浮かばれない感じがするんですけど」

「恋心が……浮かばれない?」

「はい。俺が相手の男だったら、普通に欲しいし。わりとみんな、そうじゃないですか?」

慈雨が問いかけると、ルカは笠原と顔を見合わせる。

「まあ……確かに……俺も、欲しいかな」とつぶやいた。

「そうだな、俺も欲しい派だ。見せずに捨てるのはもったいない気がするよな」

「僕も、欲しいな……自分宛ての手紙が知らないところで捨てられるのは悲しいかも」

「そうですよね、そう思いますよね? 二十年の時を越えたラブレターとか……なんかすごい、ロマンがあるっていうか、そんな……破棄しなきゃいけないような悪いものじゃないと思う。むしろ相手に届けるべきですよ! そもそも結婚してないかもしれないしっ」

主にルカに向かって力説した慈雨は、村上の背後にいるであろう霊に向かって、「ちゃんと届けましょうよ、先輩！」と声をかける。

笠原たちや当事者の村上も含めて、全員が「そうだよな」「そうだよね」と、生者の中では意見が一致した。

「――どうしますか、先輩」

ルカが霊に向かって問いかける。

どんな返事が返ってくるのか、慈雨は息を呑《の》んで待った。

どんな返事であれ、聞き取れるのはルカだけで……ルカの唇が動くのを今か今かと待つ。

「……少し、考えさせてほしいって……俺たちの感覚に、かなりびっくりしてるみたい」

ルカがそういうと、全員がほっとして、うんうんと首を縦に振った。

手紙に憑くほどの執念を考えれば、すぐに決められないのも無理はない。

なにがなんでも破棄するという結論に行き着かなかっただけ、前進だと思った。

「うーん、どうしようかな……とりあえず村上からは離れて、手紙に戻ってもらって、問題の手紙は俺が預かるよ。小田島先生に相談してからだけど、たぶん大丈夫。事情を話せば渡してくれると思う」

「同じ宛名の手紙が二つあるんですよね？　どうやって見分け……あ、そっか、幽霊に訊けばいいんですね？」

「うん、そういう意味でも俺が預かるのが適当かなと」

ルカの言葉に、自然と拍手が沸き起こる。

笠原を始め、五年生たちは「よかったよかった」と、すでに解決ムードだった。

「これからですよ。手紙を破棄せずに渡すにしても、直接渡しに行くのか郵送するのか、考えなきゃいけないし」

「そうだな、渡すことになったら俺が行かないと」

「先輩、そのときは俺も同行させてください」

「慈雨も？」

「役に立つかわからないけど、助手というか……ボディーガードとして同行したいです」

慈雨は、ボディーガードという部分を小声で、ルカにだけ聞こえるようにいう。

「うん、いいよ……場所によるけどね。相手が海外勤務とかだったら、帰国したときに会って渡すとかになるだろうし」

ルカは村上の背後にいる霊を見ながら、「外出届けを出す都合上、金曜日の昼までに決めてくれると助かります」と事務的にいう。

「相手の所在は先生に頼んで教えてもらいます。個人情報だけど、まあ、こういう案件なのでなんとかなるかな……と思います。もし駄目だった場合は、ＯＢの幹事に頼んで手紙を預けることになると思います。なるべく俺が見届けたいですが……」

ルカは二十代で亡くなった先輩の霊にそういって、「とにかく悔いのないよう、よく考えて決めてください」と肩を叩《たた》いた。

実際には村上の肩の少し後ろを……いうなれば空気を叩いている状態だが、パントマイムのように空中でぴたりと手が止まっている。

そのせいか、慈雨にはなんとなく……迷いに迷っている霊の表情が見える気がした。

その日の夕食の席では、タイムカプセルや霊の話は禁物だった。

手紙に憑いていた霊のことを知っているのは、ルカと慈雨の他、五年生の五人だけだ。

幽霊の名前は雪野千景《ゆきのちかげ》。すでに亡くなっていることもあり、小田島に聞いたらすぐに教えてもらえた。

問題は手紙の宛先――宇佐見孝《うさみたかし》のほうで、こちらは手紙に書いてあった情報……つまりフルネームと、卒業アルバムに載っていた写真以外はなにもわかっていない。

個人情報保護法の壁があるため、今のところ保留中だった。

小田島が教師の立場で宇佐見に連絡を取り、「亡くなった雪野と縁がある在校生が、諸事情あって会いたがっている。連絡先を教えてもいいか?」と尋ねるのがベストだと思われるが、実際にそういった行動を起こすのは、雪野の気持ちが前向きな方向に固まってからだ。

もし手紙を処分するという後ろ向きの結論に落ち着いた場合は、宇佐見にはなにも知らせず終わることになる。

――二十年前に書かれたラブレター……書いた本人は十年前に亡くなってて、どっちにしろ結ばれることはない。手紙を渡したからといってなにも変わらない。生きてる人間と幽霊……仮に「俺もアイツが好きだったんだ」っていわれたとしても、ハッピーエンドにはならない。それどころか、「親友だと思ってたのに……最悪」みたいな、悪感情を持たれる可能性もある。雪野さんと同じく宇佐見さんも俺たちより二十以上も年上なわけで……同性愛に対する感覚は違うはず……。

卒業アルバムによって顔が判明した宇佐見と雪野のことを考えながら、慈雨は白身魚のムニエルと海老《えび》フライをつつく。

昼におにぎりを十二個も食べたが、すっかり腹が減っていた。

ルカはなにも知らない同級生から、「竜嵜の家に行ったんだろ、どうだった?」と訊かれている。

竜嵜グループの御曹司だということは隠してほしい……と頼んであったのでなにも心配していなかったが、ルカがどう返すのか少し興味があった。

「お母さんの誕生日会にお呼ばれしたんだ。アットホームなおにぎりパーティーだった」

ルカは無難に答え、相次ぐ質問にもいい淀《よど》むことなく対応する。

母親は美人だったかという質問には、「ものすごい美人だったよ」と答えて周囲を沸かせ、「家、デカかったか？」という突っ込んだ質問には、「うん、広々してた」と答え、「とにかくバルーンがすごくて、風船の中にドライフラワーとか入ってるやつ初めて見たよ。どうやって入れてるんだろ？」と上手く話を逸《そ》らす。

他にもいろいろと訊かれていたが、主におにぎりと飾りつけのバルーンの話に持っていき、ほどほどに裕福な一般家庭という印象を作りだしていた。

──上手いなぁ……徹底して無難な回答に留《とど》めてる。

ピクルスの味が強いタルタルソースを海老フライにつけ、慈雨は黙って食事をする。

ルカは「塩昆布とブルーチーズのおにぎりが特に美味しかった」と、ほほ笑みながら話していた。

「──ところでタイムカプセルはどうなったんだ？」

幽霊事情を知らない五年生が、笠原に訊く。

一瞬で空気が張り詰めたが、質問した本人は気づいていない様子だった。

「殺人事件には関係ないってわかって、学校に戻ってきてる。ＯＢの幹事も大変だよな、また集まるのか郵送するのか知らないけど、どっちにしても大変そう」

「こういうトラブルがなくても、同窓会の幹事とか絶対面倒くさいよなー、お前がやるんだぜ笠原」

「……え？　俺なの？　なに勝手に決めてんだよ」

笠原が「やだやだ」と肩をすくめ、他の五年生が「お前しかいないっしょ」と笑う。

幽霊から解放されてすっかり元気になった村上が、「僕も手伝うから」と苦笑した。

「しょうがねーなー」

早くも卒業後の話をしている五年生の隣で、慈雨はなんだか少し切なくなる。

このまま時間が止まって、ずっと同じメンバーで日々を送れたらいいのに……来年にはもう、ルカも受験生だ。

交際宣言をするまでもなく別々の部屋になり、受験勉強に打ち込むことになる。

先日お試し交際をした六年生の蜂須賀《はちすが》のように、推薦がほぼ決まっていて、時間的に余裕のある六年生になってくれればいいが……状況によっては、やはり受験になる。

――こうやって一時間とかそれ以上かけてダラダラ食事するのも、五年生までなんだよな。六年生はだいたい、食べたら即行で出ていく感じだし……。

みんな自分の将来のために、しっかり自覚して変わっていくんだ――納得はしているものの、そう思うとさみしくて……今の一日一日が尊く感じられた。

ルカとの恋も、下手すると曖昧なまま強制休止ということになりかねない。

慈雨としては、ルカが受験勉強を始める前に恋人同士になり、セックスもきちんと済ませて、安心できる状態で進級したかった。

──まだ五月だし気が早いけど……そう思ってると、あっという間なんだよな……。

呑気《のんき》に馬鹿話をして笑い合う五年生に交ざって、慈雨はルカの横顔を見つめる。

ふっくらとした唇を見ていると、キスの感触がよみがえってうずうずした。

尊い日常をくり返すうちに金曜日の正午が来て、幽霊の雪野千景が答えを出した。

雪野はルカが預かった手紙に憑きながら、今の男子高生を約一週間……じっくりと観察していたらしい。

その結果、元親友の宇佐見孝が未婚のままだったら──という条件で、宇佐見に手紙を渡すことを決意した。

それを聞いて慈雨はもちろん村上や笠原もよろこんでいたが、宇佐見が未婚か既婚かという情報も個人情報の一つで、未婚だとわかったのは土曜日の朝になってからだった。

宗教倫理の小田島が宇佐見に電話をかけて未婚か既婚かを訊きだし、そのうえで情報開示の許可を取ったのだ。

小田島は幽霊話も手紙の件も話さず、「雪野千景くんと縁のある、是永《これなが》ルカという在校生が会いたがっている」とだけ伝えたらしい。

宇佐見からは「ぜひ会いたい」といわれ、土曜日にルカが会いにいくことになった。

同窓会OBの幹事に話を通して、ルカは宇佐見孝と書かれた手紙を二通……つまり、雪野が書いた手紙の他に、宇佐見本人が書いた手紙も一緒に届けることになった。

行き先は新大阪《しんおおさか》——土曜日も仕事がある先方の都合により午後七時に会うと決まったため、ルカと慈雨は観光も兼ねて外出届を出し直し、日帰りの予定を一泊に変更した。

ルカには両親の残した遺産があり、慈雨には親から与えられたクレジットカードがあるため、交通費や宿泊費に困ることはない。

ただし親の金で過度の贅沢《ぜいたく》をする気はないので、新幹線はグリーン車を避けて指定席を取り、宿泊先は大阪港に近いシティホテルにした。

普段は同じ部屋だが、旅行先では気楽に過ごせるようシングルの部屋を二つ取った。

五月なので服装も荷物も軽く済み、それぞれ小さめのショルダーバッグを斜めにかけて寮をあとにする。

「五月晴れって感じの天気ですね」

「うん。こういうカラッと晴れた日は霊が少なくてすごしやすいよ」

「俺は逆に、じめっとしてるほうがすごしやすいんですけどね」

「海の子だから?」

「そう、湿度が高いと生きやすいんです。こういう天気も好きですけどね」

慈雨はルカと共に船着き場に向かい、船頭に「よろしくお願いします」と会釈をした。

予約した船に乗るため、帰省予定の生徒が数人集まっている。

全員が船に乗り込みすぐに着席する中、慈雨は後方にある扉から外に出た。

本土までのわずかな時間でも、真っ白な船跡を見下ろしながら飛沫《しぶき》を感じていたい。

それに付き合ってくれるルカと船外の席に座ると、寮のほうから「待ってくださーい！」と高めの声が聞こえてきた。

「――あれ？　村上さんだ」

「ほんとだ、どうしたんだろう？」

手を振りながら走ってきたのは、副寮監の村上麗司《れいじ》だ。

ルカや慈雨と同じく、黒白紺のみのシンプルな私服姿で、ぎりぎりなんとか船に乗り込む。

なにかあったのかな……と話していると、村上も船の後方にある扉から屋外に出てきた。

ルカと慈雨を追ってきたらしく、「僕も同行していいですか？」と息を切らしながら訊いてくる。どうやら一緒に新大阪に行く気のようだ。

「村上さんも？」

「急にどうしたんだ？」

動きだした船の上で、ルカと慈雨は腰の位置を少しずらし、自分たちの間に村上を迎える。

村上は「お邪魔してすみません」といいながらメガネを上げ、「うち実家が京都なんで」と、答えになっているような、いないようなことをいった。

「へー……京都だったんですか」

「うん。祇園《ぎおん》の和菓子屋なんで、連休とかに行くと邪魔になるから滅多に帰らないんだけど、今日みたいな普通の週末なら帰りやすいんだ。たまには帰ろうと思って」

「そうなんだ？　じゃあ一緒に京都まで？」

「いえ、新大阪まで行ってもいいですか？」

「……え？」

「なんか今週ずっと考えてて……雪野さんのことで、縁というかなんというか、そういうのを感じて……お役に立てたらなって思って」

「じゃあ、宇佐見さんのところまで一緒にってこと？」

「はい、迷惑じゃなければ一緒に行きたいです」

「迷惑なわけないですよ！　いいですね、一緒に行きましょう」

エンジン音がドルドルと響く中、三人ともいつもより大きな声で話す。

まぶしいほどの日射しを受け、それぞれ自分の手をサンバイザー代わりにした。

他の誰かならルカとの旅を邪魔するなよ……と思いそうなところだが、メガネを取ると弟の倖に似ている村上は、慈雨のお気に入りの先輩だ。一緒に行くといわれても、いやだとは思わなかった。

「まさか、雪野さんに体を貸すつもりとか？」

真ん中にちょこんと座っている村上に、ルカは神妙な顔で訊く。

まさかと思った慈雨の隣で、村上は「はい」と大きくうなずいた。

「憑依されるのは怖いけど、ルカさんが一緒で、ほんの短い間ならいいかなって思ったんです。雪野さん……手紙を渡すことにしたのって、すごい勇気が要ることじゃないですか。せっかくその決断をしたなら、自分の手で渡したいんじゃないかって……そう思ったんです」

「そりゃ村上の体を借りて自分で渡すのが一番だろうけど、ほんとにいいのか？」

「――危険とかは、ないですよね？」

「うん、そんなタイプの霊じゃないし、俺が一緒にいるから大丈夫だけど……でも、すごいな、よく決断したな」

ルカと同じく、慈雨も村上の想定外な言動におどろいていた。

いくらルカがついていて安全とはいえ、一時的に幽霊に体を貸し、その間の意識がなくなる状況は怖いはずだ。

自分だったら絶対にいやだと思うだけに、村上のやさしさに感心せずにはいられない。

「すごい、村上さんて自己犠牲の人なんですね。情が深いんだ」

「や……そういうわけじゃないんだけど……だってほら、二十年越しの想いだし……見た目が似てて、波長が合う僕が近くにいたのも、なんか運命的だなと思って……」

「それでもすごい決断ですよ！」

語る。

慈雨にはなにも見えなかったが、雪野がおどろきつつもよろこんでいる気がして、わくわくせずにはいられなかった。

本土にある恋島公園から沼津駅までバスに乗り、三島駅から新幹線で新大阪駅に向かう。

村上とは違う車両になり、慈雨はルカと並んで座った。

窓側は上級生だろう……と思って譲ろうとした慈雨に、ルカは「好きなほうに座りなよ」といってくれて、おかげで景色をたのしんでいる。

村上も人がいいが、ルカも負けず劣らずやさしいのだ。

自分が上級生になったときはこうありたい、と思える先輩に出会えたことがうれしかった。

「村上さんちって和菓子屋さんだったんですね、全然知らなかった」

「老舗の有名な和菓子屋さんだよ、皇室御用達《ごようたし》のね。お土産をいただいたことがあるんだけど、餅系のお菓子ですごく美味しかった。求肥《ぎゅうひ》にきな粉たっぷりで、黒蜜とか掛けなくても味わい深くて」

「雪野さんもびっくりしてるよ」

ルカは誰もいない席を見ながら、「びっくりしすぎて言葉が出ないみたい」と雪野の反応を

「いいですねー俺も餅系のお菓子大好き」

「大阪は詳しくないし、関西の人が一緒だと心強いな」

「ですね、俺も新幹線で行くのは初めてだと思います」

「以前は飛行機で？」

「はい」

うちはいつもプライベートジェットや大型ヘリで移動なんですよ――とはいわずに済ませた慈雨に、ルカは「飛行機って怖くない？」と真剣な顔で訊いてくる。

「や、全然。先輩って飛行機……怖い人なんですか？」

「うん。乗れなくはないんだけど、離陸の瞬間が苦手」

「えー……あの瞬間がいいのに。ジェットコースターとかで腰が浮く感じも苦手ですか？」

「そもそも乗らない。わざわざ並んで怖い思いをする意味がわからない」

「いや、あれは爽快感をたのしむものですよ」

「爽快かなぁ？」

「めっちゃ爽快ですよ」

理解できないといった顔をするルカの隣で、慈雨はくすっと笑う。

交際寸前まで行っても、まだまだ知らないことがあるんだと思うとテンションが上がった。

「ちょっとお腹空《なかす》いてきたし、大阪に着いたらごはんたのしみですね」

「お昼食べてそんなに経《た》ってないのに。慈雨は健啖家《けんたんか》だな」

「大食いっていっていいですよ、実際そうなんで」

「毎日泳ぐからカロリー消費が激しい感じ?」

「ですです。二人前食べても足りないくらい」

「本場のお好み焼きのために駅弁我慢したし、俺もたのしみ」

顔を見合わせながら笑い、三島で買ったガイドブックを広げる。

村上が知っているお好み焼きの店に予約を入れたので、新大阪に着いたらまず食事に向かう予定になっていた。

「先輩は、お好み焼きともんじゃ焼き、どっちが好きですか?」

なんでもいいからルカの情報を集めたくて訊くと、ルカは「お好み焼き」と即答する。

慈雨も同じだったので、「もんじゃ焼きはおやつですよねー」というと、「うん、俺も食べるほうだから物足りなくて」と返ってきた。

「たこ焼きと明石《あかし》焼きだったら?」

「あー……同じ理由でたこ焼きかな。明石焼きも好きだけど」

「ですよねー。じゃあ……お好み焼きは、関西風と広島風どっちが好きですか?」

「うーん、それは選べないかな? 関西風のふわっと厚くて食べ応えのあるところも好きだし、焼きそば入りも捨てがたいから」

ルカと話していられるなら話題はなんでもいいとばかりに訊きまくる慈雨に対して、ルカは文句一ついわず、ニコニコと答えてくれる。

「俺も選べない感じです。母親が両方作ってくれて、どっちも美味しくて」

「料理上手なお母さん、いいね」

「はい。それにうちの母親すごい偉いんですよ。自分はラクト・ベジタリアンで……えーと、乳製品は摂るタイプのベジタリアンなんですけど、俺たちが将来不自由しないように、苦手な肉とか魚とか調理してくれるんです。サングラスかけてマスクして、手袋嵌《は》めて……なんとかさわれるって感じなのにがんばってます」

「すごいな、食育に力を入れてくれたから、今なんでも食べられるんだ?」

「そうなんです。母親の涙ぐましい努力のおかげで、俺も弟たちもまったく不自由ないです」

「モデルとしても活躍してるし、若くて綺麗で、ほんと自慢のお母さんだな」

「綺麗さでは先輩も負けてませんよ」

いやいや……と笑うルカの隣で、慈雨は鼻の下が伸びそうになるのをこらえる。

母親も自慢だが、恋人候補のルカも自慢で、幸せに浸らずにはいられなかった。

新大阪に到着してからふたたび村上と合流し、三人は道頓堀《どうとんぼり》にある鉄板焼きの店に行く。

お好み焼きの店と聞いていたが、実際には和牛なども目の前で焼いてくれる高級店だった。村上はお好み焼きしか食べなかったが、慈雨とルカはステーキもぺろりと平らげ、大満足で店を出る。

空はまだ明るいものの時間的には夕方になったので、三人で新大阪に戻った。

宇佐見と待ち合わせしたのは、ラグジュアリーホテルの一階にある喫茶店だ。

宗教倫理の小田島が、個室を予約できる喫茶店を調べておいてくれたので、幽霊関係の話も可能で、最終的に雪野を祓うところまで喫茶店で済ませるつもりでいる。

約束した午後七時の十五分前に行くと、宇佐見はまだ来ていなかった。

二十歳以上も年上の先輩を待たせるわけにはいかないため、三人はほっとしつつ彼を待つ。

水だけを出された状態で、二対一に分かれて座った。

かつての親友同士が隣になるのがよいと思い、あとで雪野が憑依する村上の隣が、宇佐見になるように座る。

「今のところあちらは、霊的なものの件だと思ってないんですよね？」

「うん、俺は雪野さんに縁がある在校生ってことになってる。縁は出来たから嘘《うそ》じゃないし」

「そうですけど、実際どういうふうに話を切りだすんですか？」

慈雨が訊くと、正面に座る村上が「念のため校内新聞を持ってきました」といってバッグを探ろうとする。

校内新聞の記事を恥ずかしがっているルカはあわてて、「自分で話すから大丈夫」と村上を止めた。

「最初は信じてもらえなくても、手から炎を出せば大抵の人は信じてくれるから。それに……今回は幽霊を見せるって手もあるし」と手のひらを上に向ける。

今は炎を出していないが、確かに炎や幽霊を見せればわかりやすいだろう。

しかし疑い深い人間なら、どちらも手品かなにかだと判断するかもしれない。

慈雨は本場のマジックショーを観《み》たことがあるので、その手のプロなら、どうにでもできることを知っていた。

問題はルカの能力ではなく、宇佐見の人柄だ。

愛らしいメガネ美少年の村上に似たビジュアルの雪野が、長年想いを寄せている親友……と考えると誠実な人物像が浮かぶ。

卒業アルバムの写真から受ける印象も、がっちりとした貫禄《かんろく》あるスポーツマンで、明朗闊達《かったつ》さわやかな笑顔の二枚目といった風情だった。

今のところよいイメージしか湧かない。

とはいえ、先日のプール事件のように、一見すると人当たりのよい二枚目のスポーツマンが、外道だったというケースもある。

宇佐見の人柄も会ってみなければわからないのだ。

――いい人だといいな……雪野さんが村上さんに憑依して自分の手で渡すなら……なおさらいい人じゃないと困る。手紙を突き返したり鼻で嗤《わら》ったり信じなかったりするタイプだったら、雪野さんが傷つくことになる。俺も、水とかぶっかけちゃうかも……。

テーブルの上に置かれた三人分の水を見下ろしながら、慈雨はすうっと息を吸って心を落ち着ける。

もしよくない方向に展開した場合でも、キレないよう慎重にならなければいけない。

たとえなにがあろうと、この場を仕切るのはルカだ。

自分はただの付き添いであって、感情的になって宇佐見を水責めにするわけにはいかない。

――とにかく、いい人でありますように……。

水をちびりと飲んで祈っていると、個室のドアをノックする音が聞こえてくる。

「お連れ様がお見えです」

女性店員が現れ、うやうやしく宇佐見を通した。

土曜も仕事といっていたので、今がちょうど会社帰りなのだろう。

宇佐見はグレーのスーツ姿で個室に入ってきた。手には鞄《かばん》を持っている。

貫禄があった高校時代の写真とは違い、細身で背ばかり高い印象になっていた。

ハンサムで格好よいのは変わらなかったが、想像以上に年上に感じて、少し緊張する。

「どうも初めまして、宇佐見です」

どことなく疲れたような口調の宇佐見は、少なくとも横柄なタイプには見えなかった。

こちらが在校生だと……つまり十代の若者かつ、自身の出身校の後輩だとわかっているのに、入り口でわざわざ足を止めて会釈までする。

「ごきげんよう」

彼が現れたと同時に席を立っていた三人は、声を合わせて挨拶をした。くだけた関係以外の先輩に対する聖《セント》ラファエル流の挨拶だったが、宇佐見は少しおどろいた様子を見せる。

人のよさそうな顔をくしゃっとさせて、「なつかしいなぁ」と笑った。

「初めまして、お呼び立てして申し訳ありません。是永ルカといいます」

ルカはそういうなり、胸元から黒い革製の入れ物を取りだす。

慈雨はこれまで一度も見たことがなかったが、そこから名刺が出てきたので、名刺入れだとわかった。ルカは高校生でありながら、宇佐見に名刺を差しだしたのだ。

「宗教法人……崇星会《すうせいかい》？」

受け取るなり、宇佐見はさっと顔色を変えた。

動体視力の優れた慈雨は、一瞬見えた文字を素早く読み取っていた。

ルカの名刺に書かれていたのは、『宗教法人　崇星会　退魔師　是永ルカ』という文字で、宇佐見は明らかに警戒している。

「普段どういうことをしているか、理解していただこうと思ってお見せしました」

「は、はぁ……」

「でも今日は友人らとプライベートで来ているので、その団体とは関係ありません。勧誘でもなければ、金銭の要求ももちろん一切しませんので、コーヒーを一杯飲む間だけ、話を聞いていただけますか？」

「……退魔師って、霊能力的な？」

「はい。生まれつき霊が見える霊感体質なんです」

ルカはいつものようにやわらかい笑顔を向けて、宇佐見に着席を勧めた。

しかし完全に警戒されていて、宇佐見は村上の隣に座らずに迷う仕草を見せる。

それでいてルカの美貌に圧倒されているらしく、ルカの顔をまじまじと見て怯《ひる》んだり、逆に目を逸らしたかと思えば慈雨や村上を見たりと、視線が落ち着かなかった。

「コーヒーでいいですか？　僕はブレンドを頼みますが、同じで大丈夫ですか？」

ルカはニコニコと笑い、「それとも紅茶のほうがいいですか？」と訊く。

ただ質問しているだけなのに独特の圧があり、宇佐見はルカのペースに呑まれながら「同じものを……」と答えていた。

ためらいながらも、村上の隣に座ろうとする。

けれどもいったん止まり、「宗教には入らないよ、僕は無神論者だし」といってから座る。

クリスチャンでありながら信仰の薄いルカは、「僕もです」とほほ笑み返した。

とりあえず呼び鈴を押してオーダーを入れ、全員がブレンドを頼む。

アイスブレイクのつもりなのか、ルカは慈雨と村上の名前を伝えるなり天気の話を振ったが、宇佐見は自分の隣に座っている村上に気を取られていた。

十年前に亡くなった親友——雪野千景によく似ているからだろう。

そもそも雪野に縁がある在校生として彼を呼びだしたのだから、気になるのは当然だった。

我慢できなくなったのか、宇佐見は天気の話には曖昧に答え、村上に向かって「君は雪野の親戚かなにか？」と質問する。

「いいえ、親戚とかではないんですが……少し、不思議な御縁があって」

村上がそう答えたとき、女性店員がコーヒーを四つ運んでくる。

慈雨と村上は砂糖とミルクを入れたが、ルカと宇佐見はなにも入れず……宇佐見に至ってはコーヒーに手をつけることもなかった。

「不思議な御縁って、どういう？」

「こんなことをいってもなかなか信じてもらえないかもしれませんが、僕は先日、雪野さんの幽霊に憑依されたんです」

「憑依？　幽霊？」

宇佐見はなにもかも信じられない様子で、首を横に振る。

突然現れた在校生三人をいぶかしげに見ながら、「それを信じろと？」と眉を寄せた。

「いいえ」とルカが答える。

「見えないものをいきなり信じろとはいいません。それはさておき、先日同窓会があったのは御存知ですよね？　宇佐見さんは不参加でしたが」

「ああ、なにしろ遠いし、行けなかったんだ。仲のよかった雪野ももういないし、いいやって思ってね……」

「今回の同窓会では、二十年前に埋めたタイムカプセルを掘り起こすイベントがありました。これはＯＢの幹事の方から特別にお預かりしたものです」

ルカはバッグからクリアファイルを取りだし、そこに挟んであった手紙を宇佐見に渡す。しっかりと糊《のり》付けされたそれには、『宇佐見孝』と、雄々しい印象の字で書いてあった。

「うわ、なつかしいな……これ、後日郵送してもらうことになってたんだ」

「こちら、二十年前に宇佐見さんが書かれたものに間違いないですか？」

「ああ、間違いない。僕の字だ」

宇佐見は少し黄ばんだ手紙を手にして、「なつかしいなぁ」と、もう一度しみじみといった。

そんな彼の前で、ルカはもう一つのクリアファイルを取りだす。

そちらに挟まれているのは、問題の雪野の手紙だ。

同じくらい黄ばんだ手紙には、『宇佐見孝』と、少し丸みのある字で書いてある。

それを見るなり、宇佐見は狐《きつね》につままれたように「……え？　え？」と声を漏らした。

「なに？　え、なんで僕の名前が……」

「このタイムカプセルの企画は、二十年後の自分に宛てた手紙を書く……というものだったと聞いていますが、一人だけ、自分ではなく友人に宛てて手紙を書いた人がいました」

「――っ、まさか……雪野？　そうだ、雪野の字だっ」

「はい、これは雪野さんが書いたものです」

ルカはクリアファイルから雪野の手紙を取りだしたが、それを宇佐見には渡さない。もらえるものだと思って伸ばされた手は、空をつかんでからテーブルに落ち着いた。

「雪野さんは二十年後の世界に自分がいないことをわかっていたので、宇佐見さんが受け取るように仕向けたわけです」

「……どうして、そんなこと……」

「ここからは信じられないような話になりますが、雪野さんは十年前に病気で亡くなったあと、思うところあって、いわゆる幽霊としてこの手紙に憑いていました」

「手紙に？」

「はい。この手紙が宇佐見さんに渡らないほうがいいんじゃないかと考えて、なんとか手紙を処分しようとしたんです」

「処分って、なんでまたそんなこと……」

「思うところあって……としかいえませんが……それで、タイムカプセルが掘りだされたあと、自分によく似ていて波長も合う村上に憑いたんです。生きている人間の手を使って手紙を盗みだし、処分しようとしたわけですが……そこで先生に見つかり、阻止されました。幸い手紙は無事で済んだんです」

宇佐見は半信半疑といった顔をしていたが、手紙を受け取りたがっていた。

自分宛てのものをルカがなぜ渡してくれないのか理解できない様子で、手を出したり、引っ込めたりをくり返している。

「宇佐見さん、これから……僕の霊能力を少しだけ貸して、雪野さんの幽霊が貴方《あなた》にも見えるようにします」

「——え?」

「たぶんものすごくびっくりすると思いますが、個室とはいえあまり騒がないよう、なるべくおどろかないようにしてください。大声を上げると店員さんが来てしまうと思うので」

「ちょっと待ってくれ……っ、幽霊が見えるようになんて、そんなこと……できるのか?」

「はい。通常は難しいことですが、雪野さんの霊はとても明瞭なので、できるんです」

ルカはそういうなり、宇佐見の右手首に触れる。

びくっと弾けて逃げだしそうな手をつかまえて、やや強めに握り締めた。

そうして視線を村上の頭上の辺りに向けると、「今、村上の後ろにいます」という。

慈雨は多目的ホールで見た雪野の姿を思いだし、ごくりと息を呑む。幽霊を見たことがない人間が、あれを見たらどんな反応をするのか、本当に大声を出さずに済むのか、はらはらしながら見守った。

「――っ、ぁ……あ……」

ルカに手首をつかまれたまま、宇佐見は村上の頭上に釘《くぎ》付けになる。

今の慈雨にはなにも見えなかったが、宇佐見には見えているのだ。

十年前に亡くした親友の姿が、おそらくぼんやりと見えている。

彼は「あ……」しかいえなくなり、がたがたと身を震わせた。

それでも視線は逸らさず、なにもない空間を見続けている。

「僕は霊能力のある退魔師ですが、崇星会を通して受けた正式な依頼でない限り、謝礼などは受け取りません。これはあくまでも自主的にやっていることで、お金を取ったり勧誘したりはしないので、心配せずに聞いてください」

ルカがいうと、宇佐見は身を強張《こわば》らせたまま「あ、ああ」とだけ答えた。

大声を出すようなことはなかったが、またたく間に真っ青になっている。

「雪野さんの幽霊は、今からもう一度、村上に憑依します。処分するのをやめたこの手紙を、自分の手で直接、宇佐見さんに渡すためです」

ルカの言葉に、宇佐見は恐る恐る口を開いた。

「彼に危険はないのか？」

そう訊きながら、今も雪野の霊を見上げている。

「心配ありません。僕がついていますし、雪野さんの霊は悪霊などではありませんから」

ルカは宇佐見の右手首を握ったまま、村上に目を向ける。

「村上、今から……大丈夫そう？」

村上は緊張した様子で、「はい」と答えた。

「雪野さん、どうぞ入ってください。手紙、お返ししますので」

ルカが村上に向かって手紙を差しだし、それを村上が丁寧に受け取る。

慈雨は村上の正面に座ったまま、固唾《かたず》を呑んで見守った。

今の自分には見えないが、雪野の幽霊が村上に憑いた瞬間が、わかった気がした。

閉じられていた瞼《まぶた》が上がるなり、村上の表情が変わって、なんだかとてもなつかしいものを見るような目で宇佐見を見たからだ。

「――雪野？　雪野、なのか？」

自分の隣に座る村上を、宇佐見はじっと見つめる。

その目は潤んでいて、声は細く掠《かす》れていた。

ルカが宇佐見の右手首を解放し、宇佐見は両手を村上のほうへと向ける。

村上に憑いた雪野が、「宇佐見……」と、やはりなつかしそうに呼んだ。

「雪野……っ」

「──これを」

雪野は宇佐見を見つめ、手紙を差しだす。

少し迷いがあるのか、手元が小刻みに震え、それが手紙にまで伝わっていた。

「……あ、ありがとう」

手紙を受け取った宇佐見は礼をいい、「これ、今ここで、お前の前で読ませてもらうな」と断った。

雪野は「うん」と、小さな声で返事をする。

宇佐見は幽霊を自分の目で見て、あえて信じるまでもなく現実として受け入れたのだろう。

封筒の端を指で慎重に切り、中にあった便せんを取りだした。

封筒と同じく少し黄ばんだ便せんが、そっと開かれる。

ルカや慈雨からは見えない角度だった。

宇佐見はそのまま視線を落とす。

──十年前に亡くなった親友からのラブレター……しかも本人の幽霊を前にして、いったいどんな気持ちで読むんだろう……。

慈雨はルカの視線を感じて、ふと横を見た。

すぐ隣に座っているルカが、自分のほうを見ている。

どうしてなのか、目を合わせるとなんとなくわかった気がした。

手紙を読んでいる宇佐見と、それを見つめる雪野を二人きりにしてあげたいと思ったのかもしれない。

いつまでも見ていてはいけない……そんな意図があるんじゃないかと思った。

自分がそう思っただけだけれど、ルカも同じように考えている気がする。

「雪野……っ」

ぽたりと水音が聞こえてきて、慈雨は宇佐見にふたたび目を向けた。

便せんに涙が落ちて染み込み、宇佐見の手と共に揺れている。

顔色のよくない彼の顔は、涙でぐっしょりと濡《ぬ》れていた。

「――っ、ぅ……う……」

ハンカチを出して苦しそうな嗚咽《おえつ》をこらえながら、宇佐見は泣き続ける。

村上に憑依した雪野が、そんな彼を慈愛に満ちた顔で見つめていた。

「宇佐見……ごめん」

「――なんで、謝る……っ」

「ごめん……もう、死んでるのに……」

雪野は声を振り絞り、「ごめん」と何度も謝る。

それ以外に言葉が出ない様子だった。

つぶらな瞳から涙が流れ、雫《しずく》がぽたぽたと落ちる。

宇佐見と雪野が泣き止《や》むまで、ルカはなにもいわなかった。

慈雨も時が流れるのを待ち、手持ち無沙汰でコーヒーを啜《すす》る。

最初は熱かったコーヒーが、すっかり温《ぬる》くなっていた。

それでも香り高いコーヒーが喉を通ると、宇佐見がようやく動きだす。

彼は雪野が書いた手紙を封筒にしまい、テーブルの上に置いた。

代わりに自分が書いた手紙を手にして、端をぴりぴりと切る。

そうして便せんを取りだすと、涙で濡れた指先で広げた。

「俺も、書いたんだ。自分宛て、だけど……」

「――え？」

「俺の、手紙も……見てほしい」

一人称を俺に変えた宇佐見は、他の誰でもなく雪野と話している。

便せんを手に持ったまま雪野に見せて、ふたたび嗚咽をこらえた。

角度と人間の視力の問題でルカには手紙の内容が見えないかもしれないが、慈雨には見えた。

二十年後の自分へ――そんな一文から始まる手紙には、明らかに遠慮がちな大きさの文字で、わずか二行しか書かれていなかった。

『今でも雪野と一緒にいますか?

未来では、どんな関係になっていますか?』


本当にわずか二行。文字自体は雄々しい印象なのに、不似合いにとても小さな文字――。

けれども、どういうつもりで書いたのかすぐにわかった。

相手に宛てたものではないけれど、これも一種のラブレターだ。

もし他の誰かに読まれてもわからないように、曖昧に……そういうふうにしか書けなかった彼なりの、ラブレターだ。

――好きだったんだ……。

宇佐見も雪野が好きで、でもいえなくて……二十年前の世界は、まだ彼らにとっては窮屈で、おそらくお互いに踏みだせないまま、親友として十年後に死別したのだろう。

いまさら両想いだったとわかっても、どうにもならない。

ルカや村上のおかげで、今この瞬間は奇跡的に見つめ合えているけれど、今だけだ。ずっと一緒にはいられない。

もしも二十年前にどちらかが告白できていたら、死別するまで恋人同士でいられたのに……二人だけの特別な想い出を、たくさん作ることができたのに。キスをしたりセックスをしたり、旅行に行ったり写真を撮ったり、ときには喧嘩《けんか》したり、濃密な時間を送れたはずだ。

それなのに、お互いに相手を想いながらも踏みだせず、親友のまま終わってしまった。

「馬鹿だな、俺たち……」

「う、ぅ……っ」

村上の姿をした雪野が、宇佐見の手紙に涙する。

その小さな手を、宇佐見は両手で包み込んだ。

「雪野……雪野、聞いてくれ」

「――っ、宇佐見……」

テーブルに無造作に置かれた宇佐見の手紙は、ルカの目にも触れることになる。

今二人は、手紙ではなくお互いの目だけを見ていた。

ラブレターは役目を終え、二人は心をつなげている。

「雪野……俺も、もうすぐ、そっちに行くから」

宇佐見がいった。

村上の手を包み込みながら、震えも掠れもしていない、しっかりとした声でいった。

「――すい臓がん、なんだ」

「……え？」

「ずっと忙しくて、仕事に追われてて、発見が遅れて……もう、長くない。今日、仕事だっていうのも、嘘で……」

「……っ、ぁ……」

「すぐ、そっちに行くから」

高校時代と比べて一回りは痩せて見える宇佐見は、げっそりとこけた頰を涙で濡らす。

よくよく見ると、スーツのサイズが体に合っていなかった。

慈雨は、心臓をつかまれたように動けなくなる。

ハッピーエンドになりようがない二人の結末が、これでよかったのか悪かったのか、わからなかった。

「宇佐見さん、雪野さん」

一方でルカは、なにもかもわかっていたかのように冷静だった。

二人に声をかけ、胸元から金のロザリオを取りだす。

「村上の体に負担がかかるので、そろそろ解放してあげてください」と、そういった。

雪野を祓う気なのだと思うと、慈雨はひどく動揺する。

わかっていたことだけれど、もう少し待ってあげられないのか——そんなふうに思った。

けれどもすべてはルカが判断すべきことだ。

ルカが解放しろというなら、二人に残された時間はもうない。

「雪野、また会おうな」

「……っ、うん」

宇佐見の言葉に、雪野がうなずく。
二人は手を握り合ったまま、お互いの目を見て泣いていた。
ルカが席を立ち、村上の隣に行く。
祈りが始まると、二人は同時に瞼を閉じた。

《六》

ラグジュアリーホテルの喫茶店を出たとき、宇佐見《うさみ》はルカを始めとする在校生三人に何度も礼をいい、コーヒーの代金と個室のチャージ料を支払ってくれた。

それだけではなく三人分の往復交通費も出させてほしいといいだしたので、三人は「観光や帰省のついでなので」といって固辞した。

喫茶店での別れ際、「お元気で」とはいいにくくて、ルカと慈雨《じう》は、「お大事になさってください」といって宇佐見を見送る。

村上《むらかみ》は憑依《ひょうい》されていた間の記憶がないため、宇佐見の姿が見えなくなるなり「宇佐見さん、どこかお悪いの?」と訊《き》いてきて、ルカと慈雨はいい淀《よど》みながら村上に説明した。

村上はその場で泣きだしてしまい、とりあえず三人でカフェに入った。

ルカは、村上に事細かに……雪野《ゆきの》に憑依されていた間の出来事を説明し、村上が十分に落ち着いてから新大阪《しんおおさか》で二手に別れた。

村上は、在来線で実家のある京都《きょうと》へ向かう。

慈雨とルカも電車に乗り、大阪港近くのシティホテルに移動した。

チェックインを済ませて自分の部屋に入ったあと、慈雨はバスタブに水を張って、しばらくぼんやりと浸《つ》かっていた。

海水ではなくてもある程度は効果があるので、水の中で心身を整える。

髪を洗い、歯を磨いてバスローブに着替え、一つだけあるベッドにダイブした。

――なんか、しんみりしちゃったな……。

ホテルまでの道中、ルカに「病気のことわかってたんですか？」と訊いたら、「悪いものをたくさん憑《つ》けてたし、死相が出てたから」といっていた。

やはりルカはわかっていたのだ。

雪野を祓《はら》うときに、宇佐見に憑いていたものも一緒に祓ったとのことだった。

それでも当然、病気はどうにもできない。

ルカも慈雨も人とは違う異能力を持っているが、神様ではないので、できることとできないことがある。

――両想《りょうおも》いで、もうすぐまた会えるんだろうけど、それは魂の話で……やっぱり悲しいよな。生きているうちが花。いくら両想いでも、また会えるとしても、死んじゃったらどうしたってハッピーエンドにはならない。生きているうちにどちらかが動いていれば、たとえ最後は死に別れるとしても……恋人同士としてすごせたのに……。

大の字になって仰向《あおむ》けに寝ながら、慈雨はルカのことを想う。

自分たちは若くて健康で……いくらでも時間があるように思うけれど、それに甘えていてはいけない気がした。

好きなら好きだと早くいうべきだし、その段階をすぎたなら、付き合うべきだ。

死後の世界で魂が寄り添い合うだけなんて、生きている自分には耐えられない。

ルカとキスをしたいし、セックスもしたい。

生きているうちに、しておきたいことがある。

そう思うなら、自分から積極的に動きださなくてはいけない。

――先輩に……付き合ってくださいって、もっと真剣にいってみよう。

毎日いっているうちに軽くなっていた気がする言葉を、今夜もう一度いおうと思った。

シングル二部屋ではなく、ツインを取ればよかったな……とくやみながら、慈雨はスマートフォンを手に取る。

メッセージアプリを立ち上げ、ルカに話しかけようと思った。

学園にいるときはスマートフォンを取り上げられているので、会話の履歴は少ない。

部屋に行ってもいいですか――そう打とうと思った瞬間、ポンとメッセージが送られてきた。

ルカからだ。

『そっちに行ってもいい?』

届いたメッセージは、自分が打ちたかったものと変わらない。

慈雨は喜色満面で『はい！』と打つ。

駆け引きなんてもちろんせず、秒で返した。

すぐにスタンプを選び、『待ってます』という可愛いキャラクター絵を送る。

自分が後輩なのだから、『俺が行きます』と送るべきだったかな……と迷っていると、隣の部屋のルカがやってきた。

控えめなノックが聞こえてくる。

「はい」

バスローブ姿でドアを開けると、私服姿のルカが立っていた。

「あれ？　お風呂まだなんですか？」

「ううん、もう入ったよ」

「じゃあなんで服着てるんですか？」

「バスローブのまま部屋から出ちゃ駄目だろ」

「すぐ隣なのに？」

「それでも駄目だよ。廊下で女性に会ったら悲鳴を上げられるかもしれないし」

「先輩の場合、黄色い悲鳴しか上がらないと思いますけど」

慈雨はくすっと笑いながら、真面目なルカを部屋に招く。

座るところがドレッサーの前の椅子一脚しかなかったので、ベッドに並んで座った。

寮の部屋にはソファーがあるため、同じベッドに並んで座ることは通常ない。

なんだか特別な空気を感じて、告白に向けて気が引き締まった。

「——えぇ……と、どうして俺の部屋に？」

まずそれについて問いかけると、ルカはすぐ隣で溜《た》め息《いき》をつく。

いいにくそうにしながら、「なんかさみしくなっちゃって」とつぶやいた。

「さみしい？」

「……うん」

「わ、わかります……雪野さんと宇佐見さんの件ですよね？　俺もなんだかしんみりしてて、
一人じゃさみしいって思ってたところでした」

「生きてるうちが花だよね」

「……うわ、まったく同じこと思ってました」

「うん」

ルカはなにかいいたそうにしていたが、間を置いてもなにもいわない。

ルカからの言葉が欲しくて待っていた慈雨は、我慢できずに「先輩」と声をかけた。

振り向く顔が綺麗《きれい》で、至近距離で見ると鼓動が跳ねる。

湯上がりのルカの艶っぽさに、言葉を失ってしまった。

「——部屋替えがいやだとか、いってる場合じゃないって思ったんだ」

ルカは慈雨の目を見ながら、固まったような真顔でいう。

まさかの展開に慈雨はおどろき、自分の中でルカの言葉を反芻《はんすう》した。

間違えてとらえていないか、勘違いしていないか、一瞬のうちに何度も確認する。

「それって、つまり、あの……付き合うの、OKってことですか？」

前のめりになって迫ると、ルカはようやく表情を崩し、少し恥ずかしそうな顔をした。

こくっとうなずいて、そのあとに「うん」と答える。

「せんぱーい！」

「わ……っ」

思わず飛びついた慈雨は、勢い任せにルカを押し倒した。

半乾きの髪が光沢のあるベッドカバーに散り、額が露《あら》わになる。

うれしくて……こんなに美しくて愛《いと》しい人と、交際できることがうれしくて、言葉がなにも出てこなかった。

「押し倒すのは、さすがに早くない？」

「全然早くないですよ」

鼻息荒く答えた慈雨は、このままルカのすべてを欲しいと思う。

その衝動のままにキスを迫ると、ルカは瞼を閉じて応じてくれた。

ふにっとやわらかいふくらみを崩して、舌を割り入れることもできる。

迎えられるよろこびにうねる舌に、ルカの舌がためらいがちに絡みついてきた。

歯磨き粉の余韻でスースーする舌を絡め合い、お互いの口内を探り合う。

「ン、ゥ……」

「――ッ、ン」

慈雨はルカの唇や舌を味わいながら、ルカの胸に触れた。

平らで筋肉の厚みを感じる胸を揉《も》みしだき、シャツのボタンに手をかける。

胸を見たくてキスを中断すると、黄金のロザリオと透き通るような白い肌、つつましやかな乳首が見えた。

「先輩……っ」

吸いつかずにはいられなくて乳首に吸いつくと、「待って、待って」と止められる。

そういわれても待てない慈雨に、ルカは「待て！」と犬にしつけるように強くいった。

「は、はい」

「なんか問答無用で、俺が抱かれる側になってる気がするんだけど……」

「それは……」

「新幹線の窓側の席を譲るみたいに、簡単に『どうぞお好きなほうを』ってわけにはいかないことだから、勝手に突っ走らずにちゃんとして」

「はい……」

　叱られてしゅんとする慈雨は、しかしここが正念場だと自分にいい聞かせる。

　ルカの肩をつかんで押し倒した格好のまま、「ルカ先輩」と改めて名前を呼んだ。

「俺は今でこそ小さくて可愛いかもしれないけど、これからぐんぐん背が伸びると思います」

「ぐんぐん？　伸びるの？」

「伸びます！　父親もデカいし、下の弟もデカいし、俺もそうなると思うんです」

「う、うん……」

「想像してみてください。一九〇センチくらいデカくなった俺を、先輩が抱くのは……なんか無理があるっていうか、絵面的にもしっくりこない気がするんですよ……というか、とにかく俺は先輩を抱きたくて、抱きたくて……たまらないんです」

「……っ」

　いつの間にか硬くなった部分をルカの下腹部に押し当てながら、慈雨は自分の想いを素直にぶつける。

　ルカは慈雨の変化に気づき、戸惑いを見せた。

　簡単に決められることではないといわんばかりに、もぞもぞと体を動かして逃げている。

「少し……考える時間が、欲しい……そもそも、付き合い始めたばかりで、最後までするのは、ちょっと……いくらなんでも早すぎると思う」

「わかりました。今夜は最後までしません」

慈雨はそういいながらもルカのシャツのボタンに触れ、さらにもう一つ外して胸を暴いた。

美しい色の乳首にふたたび吸いつくと、「あ……っ」と甘い声が聞こえてくる。

本当に抱かれる気がないのか、疑わしくなる艶っぽさだった。

「先輩……」

乳首をねぶり続けると、ルカの体が反応し始める。

ズボンの中が硬くなり、目に見えてわかるくらいふくらんだ。

顔に似合わず大きなそれに触れたくて、慈雨はズボンのベルトに手をかける。

ボタンを外してファスナーを下ろすと、「や、駄目、そこは……」と抵抗されたが、本気の抵抗ではなかったので無視して進んだ。

「ん、ぁ……！」

下着を下ろすと、ぶるんと大きなものが姿を現す。

大浴場でいつも見ているそれとは違い、裏側を晒《さら》してそそり立っていた。

さわらずにはいられなくて、慈雨はやんわりとつかんでから手指をスライドさせる。

「あ、ぁ……っ」

「先輩……先輩のここ、大きくて、綺麗で……なんかすげー……エロいです」

「や……ぁ！」

雁首がくっきりとした性器をしごくと、ルカは腰をびくびくと震わせた。

他人にさわられるのは初めてだからなのか、逃げながらも強い反応を見せてくる。

乳首を吸うとさらにびくんと大きく弾《はじ》け、今にも達してしまいそうだった。

「先輩……俺のもさわって」

慈雨はバスローブの腰紐《ひも》をほどいて、腹部につきそうなほど昂《たかぶ》ったものを晒す。

ベッドに横たわるルカの視線が向けられると、ぐんと一際大きくふくれ上がるようだった。

おずおずと伸びてくる指でふれられた瞬間、突き上げるような快感に襲われる。

「……なんか、すごい……ルカ先輩と俺、エッチなこと、してる」

「慈雨が……こんなにエッチな子だなんて、知らなかった」

「ずっと我慢してただけで、先輩の体を前にしたら、こうなるの当然です。人にされるって、こんなに気持ちいいん……ですね」

「……う、ぁ」

「先輩、もっと……もっとさわって」

「こ、こう?」

「ん……もっと強く」

ルカの指が拙い動きを見せながら、性器に絡みつく。

きゅっと握ったり、先端を恐る恐る撫《な》でたり、おっかなびっくりの愛撫《あいぶ》だった。

慈雨もルカの性器をしごき、固くしこった乳首を吸う。

ルカが断続的に漏らす嬌声《きょうせい》が可愛くて、時折強めの刺激を与えずにはいられなかった。

「は……っ、ぅ」

「――先輩……」

この人はもう、自分の恋人なんだ……彼氏なんだと思うと、幸福感で目が回りそうになる。

乳首が恋しかったがキスをしたくなり、慈雨はルカの唇を求めた。

お互いの性器に触れながら、息を乱す口を塞ぐ。

「ん……ぅ」

「……ッ」

顔を斜めに向けて、お互いに深く求め合った。

自分が求めているのと同じように求められて、胸の奥がほろりと溶ける。

ちゃんと好かれているんだと感じると、昂ったところにますます血が集まった。

「く、ふ……ぅ」

「――ン、ゥ」

口角から唾液があふれるようなキスをして、蜜濡《ぬ》れた性器を重ね合う。

裏筋をこすり合わせ、二人分をまとめてしごき合った。

「あ……あ、ぁ……慈雨……」

「先輩……っ、ルカ先輩……」

唇をわずかに離し、名前を呼ぶなりまたキスをする。

見つめ合う暇もないほど唇を貪って、二人で作った手の輪を上下に揺らした。

いつの間にかたっぷりと濡れた性器が、ぬちゅぬちゅと卑猥《ひわい》な音を立て始める。

お互いに限界が近いことは、息遣いと手の動きでわかった。

いずれも速くなって、絶頂に向かっていく。

一緒に達することも、できる気がした。

「――っ、ぁ……ぁ……！」

「……ゥ、ァ……！」

どくんと脈打つ瞬間が、上手《うま》く重なる。

白いものを噴き上げながら、唇を掠《かす》めるだけのキスをした。

「……慈雨、も……駄目……」

「先輩、ルカ先輩……好きです、最高に好きです」

「――っ、ぁ……」

「先輩……」

ルカの甘い嬌声に食らいつくと、すぐにまた濃厚なキスに変わっていく。

青い精臭の中で二人、ハァハァと息を乱しながら身を寄せ合った。

好きだという気持ちが限界を超えるようで、たまらなく心地好い。

「先輩……今夜……」

「……ん？」

「……今夜、このまま泊っていきますか？」

「ここに？　ううん、自分の部屋に戻るよ」

「えー……つれない」

「着替えなきゃいけないし、なんか……恥ずかしくて、無理」

慈雨はティッシュに手を伸ばし、二枚引き抜いてルカに差しだす。

言葉通り恥ずかしそうにしながら、ルカはそれを受け取った。

拭う様を見られるのも恥ずかしいらしく、隠すようにしている。

そのつつましさにますます気持ちが高まり、慈雨はルカの背中に寄り添った。

今は自分よりも大きな背中に、ぴたりと張りついて鼓動を感じる。

シャツ越しではあるものの、ぬくもりも感じられた。

「……そんなに恥ずかしいですか？」

「恥ずかしいよ……勃《た》ってる状態を見られるのも恥ずかしいし、ましてや……せ、精液まで、見られるなんて……」

「先輩だって俺のを見たじゃないですか、お互い様でしょ？」

「見るのも恥ずかしいんだよ。もう、顔が焼けそう……」

ルカは耳まで赤くして、顔を両手で覆い隠す。

本当に恥ずかしくてしかたないらしく、「消えたい」とまでいいだした。

「消えちゃ駄目ですよ」

「……うん」

「先輩……俺……」

恥ずかしがるルカの背中に張りつきながら、慈雨は恋しさを募らせる。

「先輩のこと、大事にします」

そう宣言すると、ルカはますます赤くなって「はい」と答えた。

ルカがこんなに恥ずかしがるなんて思ってもいなかった慈雨は、二つ年上のルカを可愛いと思う。いつも綺麗で憧れていたけれど、この人は可愛い人なんだと認識を改めた。

「先輩……可愛い」

「──可愛いとか、恥ずかしい……」

「恥ずかしいことばかりですね」

「ほんとだよ」

「恥ずかしいところを見せ合うのが、恋人同士ですから」

「……うん、わかってる」

慈雨にとっては恥ずかしいことなどなにもないけれど、ルカの恥じらいは好ましくて、早く抱きたくてたまらなくなる。

「好きです」

慈雨はルカの手を握り、感極まった声でいった。

ルカは小さな声で、「……俺も」といってくれた。

《七》

ルカが部屋に戻ったあと、慈雨は我慢できずに自分で自分を慰めた。
若い体は一度では足りなくて、新しく手に入れたルカの姿を思い返しながらした。
妄想は現実の先を行き、ルカの脚を大胆に開かせる。
つつましさの欠片《かけら》もないほどすべてを晒した格好のルカを、うつ伏せに組み敷いた。
真っ白な雪山のような双丘を鷲《わし》づかみにして割り、谷間に自分の性器を押しつける。
実際には知らない弾力を、妄想の中でしっかりと感じていた。
ぬるりと滑る谷間に性器を挟み込み、腰を上下に揺らす。
ルカはくすぐったがり、「や、ぁ……」と声を漏らした。
ずぶりと挿入すると、性器のすべてをぎゅうっと握り込まれたように苦しくなる。
きついほどの締めつけを感じながら、慈雨はぐいぐいと先に進んでいった。
ルカは四つん這《ば》いになったまま身を伸ばし、「あぁ……！」と声を上げる。
妄想をくり返して自分を慰めたあとは、実に気持ちよく眠りにつけた。

明日の海遊館《かいゆうかん》デートをたのしみにしながら眠っていると、深夜にスマートフォンが鳴る。

メッセージではなく電話の着信音だった。

「……ん？　なに？」

誰からかと思えばルカからで、慈雨はあわてて起き上がる。

半覚醒のままボタンをスライドさせ、「はい」と電話に出た。

同時に時間を確認すると、二時をすぎている。

恋しさが募ってやっぱり一緒に寝たい——そんなことをいわれるんじゃないかと期待しつつルカの言葉を待つものの、なにも聞こえてこなかった。

「——先輩？　どうしました？」

間違えてかけるわけがないし、どうしたんだろうと思いながら返事を待つ。

軽い咳払《せきばら》いが聞こえた。

ルカではなく、もっと年配の男のものという印象だった。

「……先輩？」

いやな予感が胸に広がる。

眠気が一瞬で冷めていった。

『——是永《これなが》ルカを預かった』

予感をそのままなぞるように、信じたくないことをいわれる。

なにかの冗談だと思いたかったが、危機を察した体が冷や汗を流し始めていた。

『大事な先輩を返してほしければ、誰にも連絡せずにホテルを出て、港に来い』

「……アンタ、誰？」

『お前の血液と交換だ』

「――ッ」

相手の要求を耳にするなり、連休前の出来事が頭をよぎる。

竜人を超人と呼び、その血を手に入れて研究している人間がいるのだ。

竜嵜《りゅうざき》グループが買収したカイザー製薬から、問題の血液と研究データを盗んだ者がいる。今現在一人なのか複数なのかわからないが、億単位の金も横領していて、ある程度資金力のある相手だ。

「先輩は無事なんだろうな」

『ああ、今のところは無事だ』

「――っ、声を聞かせろ」

『眠ってもらってる』

返ってきた答えに、全身の毛が逆立つ思いだった。

ルカの体に薬かなにかを使ったのだと思うと、それだけで八つ裂きにしたくなる。

――先輩……ルカ先輩！

一方的に電話を切られ、慈雨は飛びつく勢いで服を漁った。

バスローブを脱いで着替えると、見慣れないホテルの内装が目に飛び込んでくる。

ここが旅行先だということを、少し遅れて思い知った。

ここは大阪で、すぐに救援を呼べる東京《とうきょう》でも静岡《しずおか》でもないのだ。

——尾《つ》けられてたのか？　先輩も俺も目立つし、尾行しようと思えば簡単だよな……。

尾行に気づかなかった自分を殴りたい気持ちで、慈雨は急いで部屋を出る。

——っ、先輩の部屋……！

すぐに港に行くつもりだったが、ルカの部屋の扉が少し開いているのが見えた。

とにかく急いで行きたい気持ちを抑え、慈雨はいったんルカの部屋に飛び込む。

血痕などがないことを祈りながら室内をざっと確認し、ドレッサーに置いてあったミネラルウォーターのペットボトルを引っつかんだ。

——サイコメトリー……急げ、早く見せろ！

ペットボトルを両手で包み込みながら、竜人としての能力を使う。

薄暗い部屋に青く光る瞳で、水の記憶を呼び覚ました。

ペットボトルの水が映しだしたのは、黒い服を着た大柄な三人の男と、バスローブ姿のルカだった。

おそらくノックをして、ルカにドアを開けさせたのだろう。

部屋に踏み込むなりルカの腕に注射器を突きつけ、意識を失わせたようだった。

──よくも俺の先輩に！

怒りのあまり心臓が爆《は》ぜて、その破片が指先まで行き届く。

体中が怒り一色に染まり、冷静さを失っているのを実感した。

頭で考えるより先に体が動き、非常階段に向かう。

転がるような勢いで一階まで下り、ホテルの正面口に回って港に向かった。

部屋からも見えていた観覧車が、よりいっそう大きく見える。

慈雨の体の都合で海に近いホテルを選んでいたので、港までは一分もかからなかった。

慈雨にはさわやかに感じる潮の香りが、冷たい夜風に乗って吹きつけてくる。

午前二時をすぎていても、港の明かりが絶えることはなかった。

海には走行中の船の姿もあり、ないのは人の姿だけだ。

──どこだ⁉　港っていっても広いし、いったいどこに⁉

ルカや黒服の男たちの姿が見つからず、慈雨は噴き上がる冷や汗を拭う。

会えない時間が長くなればなるほどいやな予感が強くなり、不安で心が砕けそうだった。

狙われているのは自分で……求められているのは自分の血だとわかっているけれど、ルカになにかされるんじゃないかと想像せずにはいられない。

──先輩になにかしたら……殺す！　絶対に殺す！

怒りの形相で港を見渡すと、観覧車の反対側に小型クルーザーが停《と》まっていた。

エンジンがかかっていることを不審に思った慈雨の手の中で、スマートフォンが震えだす。

ルカのスマートフォンからの着信だった。

「――港に着いたぞ」

緊張しながら出ると、男の声が聞こえてくる。

『そこで止まれ』

いう通りになどしたくなかったが、ルカの身を案じるあまり体が勝手に止まった。

あとでぶち殺すにしてもなんにしても、今は指示通りにするしかない。

『そこに採血キットが置いてある。白い小さな箱だ』

「……っ、採血キット？」

『なにも拉致しようっていうんじゃない。超人を拉致して調べることなど不可能だとわかったからな。有力な超人の血液さえ手に入れば、それでいい』

「――薬を作るため？」

訊きながら足元を見ると、クルーザーの目の前にそれらしき箱が置かれていた。

男はすぐには答えなかったが、少し遅れて『純然たる興味と、研究のためだ』と答える。

万能薬や若返りの薬を作って販売及び自ら使用するためであろうと、研究のためであろうと、慈雨にとっては同じことだった。

竜人の存在を把握し、その秘密を暴こうとする人間は破滅させるしかない。

自分の秘密は竜人の秘密であり、体に流れる血が自分だけのものではないことを慈雨はよくわかっていた。

「先輩……っ！」

クルーザーを見上げるとルカの顔が見えて、慈雨の心は揺さぶられる。

ルカは意識を失ってぐったりしたまま、顔にナイフを当てられていた。

その姿を見るなり怒りの涙があふれそうになり、慈雨は腹に力を入れてこらえる。

今すぐにでも男たちを氷漬けにしたかったが、そうするにはナイフの刃があまりにもルカの顔に近すぎた。

『採血キットを使って血液を採り、船に投げ込め』

「──っ、わかった……わかったから先輩には手を出すな！」

『少しでも余計な動きをすれば、その瞬間に是永ルカの鼻を削ぎ落とす』

「わかったっていってるだろ！　今すぐやるからっ、先輩には絶対に手を出すな！」

慈雨はクルーザーの中に三人の男の影を確認していたが、なにもできずにスマートフォンを地面に置く。

スピーカー設定に切り替えて通話を続けたまま、採血キットを手に取った。

地面に膝をついた状態で、説明文をざっと読んで中身を取りだす。

注射器ではなく試験管のような樹脂製のスティックが入っていて、矢印の通りに血管に針を添えるよう指示されていた。

「――ッ、ゥ」

痛みを覚悟のうえでぶすりと刺したが痛みはほとんどなく、またたく間にスティックの中に血液が溜まっていく。

ピピッと電子音が鳴り、満杯になる前に採血が止まった。

『箱ごと船に投げ込め』

中年と思われる男の声が、スマートフォンから聞こえてくる。

喋《しゃべ》っているのはおそらく研究者本人だと思われるが、他に何人いるのかわからなかった。

慈雨の耳はクルーザーの中からの声もかすかに拾っていて、少なくとも四人の男がいるのはわかるが、それ以上という可能性もある。

ルカの顔は慈雨から見えたり見えなかったりをくり返していたが、見えるときは常に刃先を突き立てられ、今にも顔に穴を開けられそうな刃の向け方だった。

「いう通りにする……俺の血をくれてやるから、先輩を解放しろ！」

人っ子一人いない港で、慈雨はクルーザーに向けてキットを投げる。

船内に箱が落ちる音がして、その音がスマートフォンからも響いてきた。

海が目の前にあるのに、助けられない身が呪わしい。

海水を操ってヘルメット状にし、窒息させることも考えたが……男ら全員の姿がよく見える状況でないと使えない技だった。

そもそも男たちがもがく過程でナイフの切っ先がルカの顔を傷つける危険性も高く、適切な攻撃とはいえない。

——もし先輩を解放しなかった場合は、船を沈めてやる……溺れる前に先輩だけを助けだし、奴《やつ》らは全員見殺しだ！

ルカを羽交い絞めにしてナイフを手にしている中年の男の姿が、ハッキリと目に見えた。

今こそ水を操るべきかと揺れる慈雨の心を嘲笑《あざわら》うかのように、クルーザーが動きだす。

元よりエンジンはかかっていて、港から離れるのはあっという間だった。

「先輩！」

ルカを連れ去られる——そう思った矢先、ルカの体が海に向かって放り投げられる。

目と耳を疑う、信じられない光景だった。

オフホワイトのバスローブが潮風に舞い、ドボンと水音が跳ねる。

薬で意識を失っているルカを、男たちは容赦なく海に落としたのだ。

「先輩……っ、先輩！」

沈むルカ目がけて、慈雨は即座に海に飛び込む。

これでルカを助けられると確信していたが、到底許せない行いだった。

冷たい海水に浸かって水を得た魚のように力を漲らせた慈雨《みなぎ》は、ルカを海中で抱きかかえてすぐに浮上する。

海面と港の落差も、慈雨にとってはなんの障害にもならなかった。

ずぶ濡れのルカの体をバスローブで包みながら、水を操って太い水柱を作り、二人分の体を港の高さまで押し上げる。

「先輩！　ルカ先輩！」

抱き寄せて揺さぶると、ルカは意識を失いながらも正常に呼吸していた。

救出が早かったので水は飲んでおらず、命に別状はない。

それを確認するなり、慈雨はクルーザーをにらみ見た。

このまま逃がしてたまるものかと思う。

血液を持っていかれたことも問題だが、なによりルカに手を出したことが許せなかった。

「先輩、ごめん……すぐ戻るから待ってて」

慈雨はずぶ濡れのルカの体を安全なところに寝かせて、シャツを脱ぐ。

上半身裸になってから、ふたたび海に飛び込んだ。

普段は隠している本気の泳力をフルに使って、クルーザーを追いかける。

海水は冷たかったが、慈雨の心臓はびくともしない。

むしろ海水に浸かると力が漲り、いくらでも泳いでいられそうだった。

人間ならばクルーザーに追いつくなど絶対に不可能だが、本気の慈雨は違う。

深夜の暗い海中でも海藻一本見逃さずにとらえる青い目を光らせ、ぐんぐんと進んでいく。

爆発的な推進力でまたたく間にクルーザーに追いつき、水を操った。

ドラゴンのように水面から飛びだす水柱に乗って、船内に飛び込む。

追われるなど夢にも思っていなかった男たちの背後に着地し、全員の度肝を抜いた。

「うわあぁぁ――ッ！」

「なんで⁉　なんでいるんだ！」

現れただけで絶叫され、痛快な気分だった。

慈雨は十指の先から滴る水を飛ばし、それを空気中で氷に変える。

「ハリセンボン」

太く硬い針状に変化させた氷を、黒服の男に打ち込んだ。

ドスドスッと音を立て、氷が男の肉に刺さる。

ぎゃあああと悲鳴を上げ、男がのたうち回った。

体に開いた十ヵ所の穴から血を吹き、デッキの床を血に染めていく。

「もう一発。ハリセンボン」

慈雨は二人目の男にも氷の針をお見舞いし、男の体を穴だらけにした。

またしてもドスドスと鈍い音が立ち、絶叫と混ざり合う。

三人目の男には「フリージング」と、呪いのように言葉をかけて両脚を凍らせた。

三人目の男がルカを羽交い絞めにしていた男だと気づくと、竜人としての能力ではなく素の力を使いたくなり、身動きできなくした男に飛び蹴りを食らわせる。

「ぐはあああぁ――ッ！」

両脚のフリージングがバラバラに砕ける勢いで三人目の男が吹っ飛び、頭を強く打って泡を吹く。

船内には男たちの絶叫がやまなかった。

それでもスッキリなどしていない、ちっとも許せていない。

慈雨は静かなる怒りを燃やしながら、四人目の男――首謀者を見つけだした。

「やめろ！　近寄るな！」

黒服ではない普通のシャツ姿の男は、叫びながら採血キットをかかえている。

五十代から六十代くらいと思われる、メガネをかけた白髪交じりの痩せ男だった。

この期に及んで血液だけは絶対に渡すまいとする男の執念に、慈雨はチッと舌を打つ。

気に入らない。

この男が竜人の血に執着したがために、ルカは狙われたのだ。

麻酔薬のようなものを注射され、バスローブ姿のまま連れだされて刃物を向けられ、最後は冷たい海に放り投げられた。

気に入らないなんてもんじゃない。

許せない――。

「アンタにとっては、これが一番効くかな？」

慈雨は目を青く光らせたまま、「スプラッシュ」とつぶやいた。

同時に指を鳴らし、男が抱いている採血キットの中の血を――スティックに収められた血を、一気に弾き飛ばす。

「な、なんだ？　なにを……っ」

膨張した血液によって、スティックのキャップが吹っ飛んだ。

白い箱の端から血がブシュッと吹きだし、床にしたたる。

「あああぁ――ッ！」

真っ赤な血を見て、男はなにが起きたか理解したようだった。

貴重な研究材料が無駄になる様にショックを受け、発狂したように叫ぶ。

「血液が！　血液が……！」

絶叫しながら這いつくばる男を見下ろしながら、慈雨はさらに自らの血液を操る。

箱に付着していたものも床にしたたったものも、一滴残らず宙に集めた。

真っ赤な球体を作りだし、それを人差し指と親指でつまむ。

「あ、あぁ……なんて、力だ！」

男は固められたゴルフボールほどの血の球を見て、絶望の淵《ふち》に希望を見たようだった。

「返せ！　それは私のものだ！　返せーッ！」

叫びながら手を伸ばす。

「いいぜ、取ってこれたら返してやる」

飛びついてくる男の前で、慈雨はひらりと身を躱《かわ》した。

犬と遊ぶかのような仕草で、「そーれ！」と球を海に放り投げる。

「ああ……っ、あああぁ——ッ！」

血の球は暗闇に弧を描き、音もなく海に落ちた。

男が求めた慈雨の血は、広大な海の一部となって溶け込んでいく。

男は球を追い、クルーザーのデッキから海に飛び込もうとしたが、さすがにそこまで理性を失ってはいないようだった。

すんでのところで足を止め、前のめりになるだけで終わる。

「……あ、ぁ……あぁ……」

「海で俺に歯向かうなんて、無茶するにもほどがある」

慈雨は男を海に突き飛ばしはせず、より難度の高い方法を選んだ。

物理に反して、クルーザーの側面のカーブに沿うように水を呼び込み、デッキをじわじわと海水で浸していく。

「――秘儀、水寄せ」

「ひっ……っ、水が……水が逆流して……！」

「あとはもう、運次第かな」

俺だけならともかく、先輩に手を出した罰だよ――といい残し、慈雨は独り海に飛び込む。

人魚のようにすいすいと泳いで、水に呑み込まれていくクルーザーから遠く離れた。

負傷した黒服の男たちと研究者がどうなろうと、知ったことではない。

絶対に触れてはいけないものに、触れた輩《やから》が悪いのだ。

《八》

港に戻った慈雨は、竜嵜グループ傘下の専門病院に電話をかけ、救急車を手配させた。

主要都市には竜人のための病院があり、そこなら警察沙汰にならずに済む。

救急車は数分後に到着して、ルカは無事に搬送された。

慈雨の怒りはクルーザーを沈めたくらいでは治まらなかったが、ひとまずルカが意識を取り戻し、入浴介助を受けて綺麗なベッドで眠っている姿を見て、どうにか落ち着く。

「大阪に行く時点で連絡すべきだろう」

病室の外で、慈雨は父親の竜嵜可畏《かい》に向かって「はい、ごめんなさい」と頭を下げる。

可畏は慈雨から電話で事情を聞くなり、ヘリを飛ばして独り大阪にやって来た。

慈雨は正直にすべてを打ち明けたが、可畏の怒りは旅のスタート地点からだった。

遠方に行くなら事前に連絡すべきといわれるのも当然で、慈雨はいいわけをせずに「なにも考えていませんでした」と、またしても正直に胸の内を明かす。

「狙われているのはお前だと、忠告したはずだ」

「はい……ごめんなさい。俺がちゃんと連絡しなかったせいで先輩が巻き込まれて、パパにも迷惑かけました」

背が高いうえに超進化型ティラノサウルス・レックスの影を持つ父親の前に立っていると、自分がとんでもなく小さな子供のように感じられ、情けない気持ちになる。

慈雨は、攻撃にも偵察にも長《た》けた己の有能さを自覚していて……竜人として父親に頼られるくらいの立場でありたいと幼い頃から思っていた。けれども力に傲《おご》りすぎて褒められる結果になることは少なく、今回もまた叱られている。

「それがわかっているなら、今後は必ず連絡しろ」

「はい、必ず連絡します。俺、先輩のボディーガードとして大阪までついて来たのに、先輩を守れなかった。むしろ俺のせいで危険な目に遭わせて……」

「誰かを守るってことは、そんなに簡単なことじゃない」

「パパ……」

「不審な点が多く残る事故を、単なる事故として処理させるのは難しくないが、人間を殺《あや》めた記憶は、お前の中に積もっていく。是永くんや、潤《じゅん》や倖《こう》には隠しておくとしても、お前自身の記憶は誤魔化せない」

「はい」

「人間と付き合うなら覚悟を決めろ。自分は人間ではなく、竜人であることを努々《ゆめゆめ》忘れるな」

「――はい」

父親と改めて約束をすると、どっと背中が重くなる。

悪い霊に憑かれたのかと思うほどだったが、緊張と安堵《あんど》から来る精神的疲労だとわかった。

可畏は慈雨のメンタルを心配しているようだったが、本当のところ、慈雨は少しも罪悪感を覚えていない。処罰感情の強い慈雨にとって、悪人を地獄に落とすことは当然であり……その行為に対する恐怖や後悔はないのだ。

ルカや潤や倖にいえないことが増えてしまったけれど、秘密を背負う覚悟はある。

「迷惑かけて、本当にごめんなさい」

「――二人とも無事でよかった」

可畏は慈雨の無事を確かめるように、上腕を軽くつかんで揺さぶる。

ハグまではしなかったが、大きな手からは、心配と……深い愛情が伝わってきた。

「パパ……」

「お前はともかく、是永くんは人の身だからな」

慈雨は貫禄ある父親に対して、「うん、ありがとう。本当にごめんなさい」と謝った。

謝罪は口ばかりではなく、今回の旅の最初から、すべて間違っていたと思っている。

事前に連絡して竜嵜グループのホテルに泊まるなどすれば、同じフロアに不審者が踏み込めないようにすることができたのだ。

その気になれば、竜人の屈強なボディーガードをつけることも可能だった。

海外でもあるまいし、いちいち親に連絡するほどの距離じゃない、ちょっとした旅行だしと、高をくっていたのがいけなかった。

おかげでルカを危険な目に遭わせ、またしても入院させてしまった。

——無傷で済んだとはいえ、一歩間違えたら大怪我《おおけが》をしていたかもしれない。傷を負ったら簡単には治らない人間の身で、あんな危ないことされて……。

ルカの顔にナイフを向けられたことを思い返すと、胸が塞がれて気分が悪くなる。

母親の潤も若い頃は散々な目に遭ってきたが、潤は早い段階で人間離れした再生能力を身に着けていたので、辛うじて生き抜くことができた。

ルカは異能力者ではあるものの、肉体的には普通の人間と変わらない。

竜人の血を人間に輸血するのはリスクがあるので、ルカにも潤と同じ再生能力を……というわけにもいかない。

今になって、ルカに傷をつけられることや、ルカを失うことなど……もしもの場合の恐怖が押し寄せてきて、慈雨のメンタルは、今すぐ海に飛び込みたいほど不安定になった。

悪党の死では揺さぶられなくても、ルカの身を思うと心はぐちゃぐちゃだ。

「俺はもう行く。お前は是永くんのそばで、人間と付き合うことの意味をよく考えるんだな。人の命を左右する力の強さと、人一人守れない無力さについても、今一度よく考えろ」

「はい……」

慈雨は「パパ……帰り、気をつけて」といって、病院の屋上に向かう可畏を見送る。

足音が聞こえなくなるまで背中を追って、わざわざ来てくれた可畏に頭を下げた。


「ルカ先輩……」

病院の最上階にある特別個室で一晩すごした慈雨は、ソファーに座ったまま少しだけ眠り、夜が明ける前に目を覚ました。

ルカの名をそっと口にしながら、ベッドに近づく。

一度は意識を取り戻したものの、うとうとしていてふたたび眠ってしまったルカの隣に座り、手を取った。

入院しているとはいえ朝までの話で、点滴をしているわけではない。

ただ普通に眠っているルカの顔を見ていると、ほっとするあまり目が潤んだ。

入浴介助を受けたので海水は洗い流され、髪もサラサラとしていて、いつも通り綺麗だ。

閉じられた瞼《まぶた》は白いものの、頬や唇の血色は悪くなかった。

まるで白雪姫のように、美しく眠っている。

見つめていると、睫毛《まつげ》がわずかに動いた。

瞼が上がり、黒い瞳が彷徨《さまよ》う。

「——慈雨？」

「……ッ」

目を覚まして少しぼんやりしているルカに、名前を呼ばれる。

それだけで感極まって返事が出てこなかった慈雨は、ルカの手をぎゅっと握り締めた。

ルカは慈雨の顔を見てから、周囲をゆっくりと見回す。まだ本調子ではない様子だったが、意識はしっかりしているようだった。

「ここ、ホテル？」

「いえ、病院です」

「病院……」

ラグジュアリーホテルのような内装を見て、ルカはここがホテルだと思ったのだろう。

病院といわれても信じられないのか、もう一度きょろきょろと室内を見回した。

「随分と、豪華だね」

「本来は竜人のための病院で、ここはＶＩＰ用の特別個室です」

「そうなんだ……竜人って、思った以上にすごいんだな」

「主要都市には病院があるのでよかったです。普通に救急車を呼んだら警察沙汰になってたと思うんで」

「そうだね……」

ルカはまだぼんやりとしているものの、慈雨の手を強く握り返す。

そうかと思うと力を緩めたり、また強く握り返したりと、自分の手指の感覚を確かめているようだった。

「大丈夫ですか？」

「うん、大丈夫そう。俺……駄目だな、無防備にドアを開けちゃって……なんか注射されて、海に落とされても……全然泳げなかった」

「……っ、海に落とされた記憶があるんですか？」

「うん、なんとなく憶《おぼ》えてる。冷たくて、びっくりした」

「先輩……」

「慈雨が助けてくれるって、思ってたけど」

「ほんとですか？」

「うん、本当だよ」

慈雨はルカが海に放り投げられたときのことを思い返し、よみがえる怒りとくやしさで涙をこぼしそうになる。

それをぐっとこらえると顔が歪《ゆが》んでしまい、ルカに「美少年が台無し」と苦笑された。

握り合わせた手とは別の手が伸びてきて、頬をつんと、いたずらっぽくつつかれる。

ルカは笑っているが、慈雨は笑えるわけもなく、洟《はな》をすすってひたすら耐えた。

「俺が、いろんなこと軽く考えてたせいで……危険な目に遭わせてしまって、すみません」

「慈雨のせいじゃないよ」

「いえ、俺のせいです。カイザー製薬の研究者が逃げたこと……知ってたのに、どうせ大したことできやしないって、なめてました」

「慈雨……」

「マッドサイエンティストの執着って、怖いんですよね。身内にも一人いるので……わかっていたつもりだったけど、全然駄目だった。慎重さが足りませんでした」

ルカは「慈雨のせいじゃないよ」ともう一度いってくれたが、自分を責める慈雨にとっては慰めにならなかった。

結局父親の世話になるなら、最初から頼っていればいい話で、大切な人を守る力がないのに自分でなんでもできると思い込んでいた己を恥じる。

ずば抜けた戦闘能力の高さを誇る慈雨にとって、人間など恐れるに足らないけれど、それは力を存分に揮《ふる》えるバトルフィールドにおける話だ。

今回のように人質を取られたり……衆人の目があったりすれば、なにもできずに相手のいいなりになるしかない。

「あのあと……逃亡しようとしたクルーザーがまんまと事故って転覆したんで……もう奴らに

追われることはありません」

「そうなんだ？」

「はい。なので危険はひとまずなくなったわけだけど、俺と付き合ってると、また別件で……危ない目に遭う危険性があります」

「……うん」

「別れたほうが、いいのかもしれない」

「——え？」

付き合い始めて一晩しか経《た》っていない状況で、慈雨は自分から別れを切りだした。

いやだと、別れたくないといってほしい気持ちを持ちながらも、ルカの身が心配で……そういわずにはいられなかった。

人間と付き合うなら覚悟を決めろ——父親にそういわれたけれど、どんなに覚悟を決めても、どんなに気をつけても、自分のせいでルカに危険が付きまとうことに変わりはないのだ。

怪我をしたら簡単には治らない人間の身のルカを、傷つけることがおそろしい。

「慈雨は、俺と別れたいの？」

「いえ、別れたいわけじゃないです」

すでに自分の言葉を後悔しながら答えると、ルカは困惑した様子を見せる。

怒るでもなく呆《あき》れるでもなく、ただ、なんでそんなことをいわれるのかわからないといった表情に見えた。

「――俺は……竜人の世界のこと、まだあまりよく知らないし……慈雨と付き合ってることが自分にとってどれだけ危険なのか、わからないけど……でも、慈雨が俺を負担に感じるなら、別れたほうがいいのかもしれない」

「違います……っ、先輩を負担に感じてるわけじゃありません」

「じゃあどういうわけ？　俺を守ってくれるっていってたのに、自信がなくなった？」

「そういうわけじゃ、ないですけど」

「それなら……」

ルカは湖のように澄んだ目をして、じっと見つめてくる。

握り合った手をいっそう強く握りながら、重《おも》らかに唇を開いた。

「悲しいことを、いわないでくれ」

「――ッ」

ルカの言葉をとらえた耳が、じわりと熱くなった気がした。

手のひらから移ってくるぬくもり以上に、耳が熱い。

ルカの言葉に、血が巡るのを感じた。

「今回もちゃんと守ってくれたし、俺は慈雨を信じてるから。もうヘマしないように俺も気をつけるから……俺は俺で強くなるから……そんな……天国から地獄に突き落とすようなこと、いわないでくれ」

「先輩……」

「こんな強くてカッコイイ彼氏ができて、慈雨が望むなら抱かれる側に回ってもいいかなって、思えるくらい……すごくうれしいんだよ」

「ほんとに？　ほんとですか？」

「うん」

いつも以上に美しく見えるルカのほほ笑みに、慈雨はこらえていた涙をこぼす。

カッコイイ彼氏といわれたのに泣いたら駄目だと思ったけれど、止められなかった。

ルカのことが好きで……その想いは自分のほうが常に大きく、ルカから自分への好意はまだほんの少しだと思っていたのに、天国だといってくれた。

すごくうれしいといってくれた。

悲しいことをいわないでといって、手をしっかりと握ってくれた。

ああ、この人が好きだと思う。

やっぱり自分のほうが好きだと思う。

それでいいのだ、それが自分にとっての幸せなのだ。

覚悟を決めなければならない。危険が付きまとう自分と、付き合ってくれるというルカを、今度こそ絶対に守り抜かなくてはならない――。

「先輩……好きです」

慈雨はルカの胸に突っ伏して、病衣に涙を染み込ませる。

ルカの手で頭を撫でられると、いっそう泣けた。

馬鹿なことをいったと思う。

別れるなんて、絶対にあり得ない話だ。

「俺も好きだよ」

いい子いい子……とあやすように頭を撫でられながら、そっとささやかれる。

頭だけではなく首や肩まで撫でられて、ルカの愛情を感じた。

慈雨は、数々の修羅場を潜《くぐ》り抜けてきた両親のことを想う。

自分たちもあんなふうになりたくて、密《ひそ》かに愛を誓った。

《九》

翌朝、ルカは無事に退院し、慈雨はルカと共に海遊館に行った。

ジンベエザメやイトマキエイ、ペンギンなどを観て回り、昼はガイドブックで見つけた店でお好み焼きを食べ、予定通りに大阪観光をする。

昨夜の時点では予定変更せざるを得ないと思っていたので、二人でたのしくすごせることがうれしくてたまらなかった。

「たこ焼きって、ほとんど揚げ物ですよね。表面こんがり揚がってる感じで」

「そうだね、表面カリカリ中はふんわりトロトロで、美味《おい》しいよね」

「ほんとかどうかわからないけど、明石《あかし》のたこですって」

「海の子でも、わからない？」

「正直わかんない……いや、わかります。本物です、これ」

道頓堀《どうとんぼり》のたこ焼き店で、二人はベンチに座ってたこ焼きを食べる。

白樺《しらかば》の舟皿に敷き詰められた八個のたこ焼きの上で、かつお節が踊っていた。

少し短い割り箸でたこ焼きを割ると、湯気がぶわりと立ち上る。

たこ焼きの匂いに、近くのラーメン店からの醬油《しょうゆ》っぽい匂いが混ざり、底なしの食欲をそそられた。

ソースたっぷりのお好み焼きを食べたあとなのに、いくらでも食べられそうだ。

慈雨はフーフー、ハフハフと息を使いながら、熱いたこ焼きを味わう。

隣ではルカも同じことをしていて、目を合わせて笑い合った。

「すごい熱々……レビュー通り、たこが大きくて旨《うま》いですね」

「ほんと美味しい。いろいろ調べてくれてありがとう」

「後輩だもん、当然です」

慈雨は後輩というポジションを存分にたのしんでいる最近の自分を振り返り、しみじみする。

竜泉学院《りゅうせん》にいた頃は王子様扱いされていて、先輩だろうと後輩だろうと関係なく、みんなが自分に傅《かしず》く……という環境だったので、聖《セント》ラファエルでの正常な関係性は好ましい。

もちろん年上というだけで威張っている先輩は好きではないが、ルカにだったらいくらでも尽くしたかった。

恋人同士は対等とよくいうけれど、ルカにはまだまだ先輩でいてほしいし、自分も、可愛い後輩というとっておきのポジションを捨てたくない。

「このあとはどうします？　新幹線の時間までまだあるし、次は冷たいものでも食べます？」

「冷たいもの？」

「よさげな店があるんですよ、新大阪に」

慈雨はガイドブックで見つけたかき氷の店のメニューページをスマートフォンで開き、隣のルカに見せた。

メニューページには、女の子が好きそうな映《ば》えるかき氷がずらりと並んでいる。

並の人間なら「もう食べられない」といいそうなところだが、ルカは躊躇《ためら》いなくメニューを覗《のぞ》き込む。「どれどれ」といったかと思うと、「どれも美味しそうだけど……アボカドミルクがいいな、なんかちょっと想像つかないし」と即決だ。

「それが一番人気だそうです。俺は季節物にしようかな、杏《あんず》ミルクにタピオカトッピングとか、歯応えもたのしめてよさそう」

「これは、『一口チョーダイ』をやりたくなるな」

「やりましょうよ、一口といわず半分交換でもいいですよ」

「慈雨なら一人で二個くらい食べそうだけど」

「それも考えてました」

「冷たいの得意だもんな」

「はい、なにしろ海の子なんで、腹壊すとか絶対ないです。俺が二種類食べれば、先輩三種類味わえますよ」

「ありがたいな、食べたいのたくさんあるし」

「ですよねー」

たこ焼きを食べ終えてスマートフォンを見ていると、不意に人影が落ちてくる。

席を譲ってほしいのかな……と思い視線を上げた慈雨の目に、派手なオフショルダーを着た高校生くらいの女の子が二人、飛び込んできた。

恥ずかしそうにしながら、「あのぉ」と、甘ったるい声をかけてくる。

食べ終わったなら席を譲ってもらえますか——といわれるかと思いきや、「観光ですか？　よかったら一緒に回りませんか？」と……ストレートにナンパされた。

自分一人のときもそうだが、ルカと一緒に歩いていると周囲からの視線がすごくて……そのわりに今まで一度もナンパされずに済んでいた。

レベルが高すぎて、普通の神経では声をかけられないから——だと思われるが、この二人は違っていた。

なにしろ見るからにレベルが高く、声をかけてきた子に至っては、アイドル並みといっても過言ではないくらい可愛い。二人とも天然の黒髪ストレートで、手足は細いのに頬はほどよく丸みがあり、女の子が理想とする女の子そのものという雰囲気だった。

——うわぁ……ついに来たよ。

そういうこともあるかなと一応覚悟はしていたものの、慈雨はどう対応するか迷う。

少女たちの本命は明らかにルカで、ハートマークが浮き出ていそうなピンクの視線は、背の低い自分には向いていなかった。

ここで自分が断りを入れると、「お前にいってんじゃねーよ」と思われそうだ。

後輩でもあるのだし、ここは先輩に任せるべきかもしれない……と判断して、隣を見る。

ナンパなど慣れっこであろうルカは、慈雨と目を合わせて苦笑した。

自分が断るべきだと思ったのか、おもむろに彼女たちを見上げる。

「――悪いけど……今、彼氏とデート中なんだ」

普段はナンパされる側であろう美少女二人に、ルカは笑顔で答えた。

そうして慈雨の腕に手を回し、カップルであることを示す。

彼女たちは思いがけない返しにびっくりした様子で……かといって憤慨したりはせず、「あ、すみません」といい残してすごすご退散した。

断るための口実だと思ったか、本当に信じたかわからないが……悪い子たちではないようで、不快な展開にはならなかった。

「せんぱーい」

「今ので正解？　いやじゃなかった？」

「大正解ですっ。いやなわけないじゃないですかー」

慈雨はルカがカップルアピールをしてくれたことに感激し、回された手をしっかりと握る。

いつもとは逆の今のポーズをロックしたくて、このままずっとベンチに座っていたかった。

「彼氏って……デート中って……いいですね、ぐっと響きますね……胸に」

「事実だし」

「はい、事実ですよね」

自分たちは昨日の自分たちとはもう違い、カップルなんだと思うと、昨夜の記憶がふわりと浮かび上がってくる。

ルカが拉致されたことで大変な一夜になってしまったが……その前には確かに、甘い時間があったのだ。

自分たちはもうキス止まりじゃない。

最後までしたわけではないけれど、愛を確かめ合う行為をしたのだ。

めくるめく記憶の中には、胸をいじられて快楽に身をよじらせるルカがいる。

恍惚《こうこつ》の瞬間を迎え、青い匂いの精を放ち……それを恥ずかしそうに拭うルカもいる。

「君たち、ちょっといいかな?」

いつまでも座っていたいけれどそうもいかないので、さあ次の店に出発だ……と思ったそのとき、今度は中年の男に声をかけられた。ほぼ同時に名刺を差しだされ、顔を見る前に社名や肩書、名前が目に入る。

「芸能プロダクションの者だけど、二人ともすごく恰好《かっこう》いいね。芸能界に興味ない?」

芸能スカウトから声をかけられるのは、この旅行中初めてではなく、慈雨はこれまでと同じように「興味ないです」と突っぱねようとする。

けれどもルカの腕が自分の腕に回されたままだったので、それを利用したくなった。

ルカが先ほど少女たちにいったのと同じように、「今、彼氏とデート中なんで遠慮してください」と、にんまりと……勝ち誇ったような笑顔でいう。

もちろん、これがベストな回答だと思っているわけではない。

チャンスがあれば自慢したいだけなのだ。この人が俺の彼氏です——と。

「いいよ、全然いいよ」

ああごめんね——とでもいって退散するかと思ったが、予想通りにはいかなかった。

男は「ゲイでも大丈夫、まったく問題ないから」と、嬉々《きき》として名刺を渡そうとする。

これは面倒くさいな……と思うなり、ルカが「逃げよう」と耳元にささやいてきた。

「せーの」と慈雨が声をかけ、二人は同時にベンチから立ち上がる。

「興味ないです、すみませーん」とだけいい残し、早足で逃げた。

脚の長いルカの早足は、慈雨にとっては小走りで……二人でケラケラと笑いながら道頓堀をあとにする。

新大阪のカフェで三種類のかき氷を交換しながら食べるのもたのしくて、帰りの新幹線では自動販売機で売っている名物のアイスクリームまで食べた。

なにをやっていてもなにを食べていても、デートだと思うと幸せだったけれど……三島《みしま》駅に戻ったあとは、交際宣言のことを考えて少しシリアスな気分になった。

付き合い始めで一番浮かれていたいときなのに、部屋替えという憂き目に遭うのだ。

それがいやだった慈雨は、「やっぱり隠しましょうよ」といいたくてしかたなくて……でも、そういったらどんな答えが返ってくるかわかっていたので言葉を呑んだ。

ルールはルール。

ルカは副寮監で、そうでなくとも真面目な人だ。

「部屋替えのことだけど……」

三島から沼津《ぬまづ》に向かう途中、在来線のボックスシートでルカが突然切りだした。

早速、「誰々と部屋を交換しようと思う」などと、具体的なことをいわれるのかと覚悟した慈雨だったが、ルカは視線を彷徨わせて落ち着かない。

自分からいいだしたにもかかわらず、いい淀んでいた。

「部屋替えのことだけど」と、改めてもう一度いう。

「はい……」

「──しなくても済む方法が、ないわけじゃないんだ」

「……え？」

ルカからのまさかの提案に、慈雨は前のめりになる。

空いているので正面に座っていたルカは、いいにくそうな顔をしながらふたたび口を開いた。

「本当は悪いことだけど……部屋替えしなきゃいけない理由は、学校施設内での性行為が禁止されているからであって、逆にいえば、性行為さえしなければ……なおかつ、どちらの成績も落ちたりしなければ、同じ部屋でも問題ない……という考え方もできなくはないと思う」

「せんぱーい！」

思いがけない提案に、慈雨は音の出ない拍手をする。

部屋替えしなくていい方法があるのもうれしいが、なにより、ルカがそういう方法を真剣に考えてくれたことがうれしかった。

「学校施設内ではプラトニックでいられるなら、わざわざ交際宣言をしなくても……そもそも恋愛は心の領域なわけだし、同性愛だったらなおさら……必ずしもオープンにしなければならないことではないはず」

「そうですよ、その通りですよっ」

「きちんと節度を守れるなら、部屋替えをしなくてもいいかなって思うのは、ずるいかな？」

「ずるくないですっ、それはそれで試練だし、なんといっても学校は勉強するとこですから、成績さえ落ちなければなにしたっていいんですよっ」

「なにしたってはいいすぎだけど」

「恋をするのは自由です。心の成長です。ほんと、カミングアウトを強制するのはおかしいし、恋愛は学校のルールが踏み込むことじゃありません！」

ルカの提案に同調して拳を握る慈雨に、ルカはばつの悪そうな顔をする。

本当にそれでいいのかまだ迷いがあるらしく、首を傾《かし》げながら苦笑した。

「成績は大丈夫だとしても、プラトニックでいられるかな？」

「頑張ります。外出日をたのしみに生きていけばいいんですよね？」

「――ん？　うん……まあ……」

「たのしみだなぁ、外出日。月に二回の外出日！」

「……う、うん」

「ンフフフーッ」

「変な笑い方して……」

ルカは恥ずかしそうにしながら、視線を車窓に向ける。

時刻はもう夕方で、西日が射していた。

慈雨はルカの正面の席から隣に移動し、シートの上にあったルカの手に触れる。

交際を隠すというのも学校施設内ではプラトニックを貫くというのも大変に違いなかったが、同じ場所に帰れるのがうれしかった。

「誰にも秘密の恋ですね」

「うん、そうだね」

「なんか、わくわくします」

「我慢が伴うのに?」

「それでもわくわくします。俺が先輩の彼氏であることに変わりはないから」

「一年経ったら、公表することもできるかもしれない」

「そうですよね。……あ、先輩は受験組ですか? 推薦いけそうですか?」

「推薦、いけそうです」

「やった!」

シートの上でつないだ手はそのままに、慈雨は片手で万歳する。

ハイタッチしてほしくてルカのほうに寄せると、「気が早いよ」といいながらも、ぱちんと手を合わせてくれた。

あとがき

こんにちは、犬飼《いぬかい》ののです。

本書を御手に取っていただき、ありがとうございました。

暴君竜シリーズのスピンオフ『氷竜王と炎の退魔師②』でした。


一冊目の段階では攻め受けが決まっていなくて、二冊目で自然と決まりました。予想通りでしたでしょうか？　それとも意外な結果だったでしょうか？

一冊目を出した時点では、どちらかというと逆だったんですが……本当に自然に、「やっぱり俺はこっち」という感じでひっくり返ったように思います。


あとがきを書いている今は年末で、今年もいろいろあったなぁと振り返っております。

暴君竜シリーズのスピンオフを出して、おおむねご好評いただけたのでよかったなぁと思います。「赤ちゃんのままでいてほしかった！」なんてご意見も結構多くいただいて、それもまたありがたいことでした。書きすぎたくらい書いたと思っていたのに、もっと読みたいといっていただけて光栄でした。

これまで暴君竜シリーズ本編を応援してくださった読者様と、いつも素晴らしいイラストを描いてくださる笠井《かさい》あゆみ先生、導いてくださった担当様や関係者の皆様に感謝しています。
どうか引き続きお付き合いください。

犬飼のの

この本を読んでのご意見、ご感想を編集部までお寄せください。

《あて先》〒141－8202　東京都品川区上大崎3－1－1　徳間書店　キャラ編集部気付
「氷竜王と炎の退魔師②」係

【読者アンケートフォーム】
QRコードより作品の感想・アンケートをお送り頂けます。
Chara公式サイト http://www.chara-info.net/

■初出一覧
氷竜王と炎の退魔師②……書き下ろし

Chara

氷竜王と炎の退魔師②……【キャラ文庫】

2024年2月29日　初刷

著　者　犬飼のの
発行者　松下俊也
発行所　株式会社徳間書店
〒141-8202　東京都品川区上大崎3-1-1
電話　049-293-5521（販売部）
　　　03-5403-4348（編集部）
振替　00140-0-44392

印刷・製本　図書印刷株式会社
カバー・口絵　近代美術株式会社
デザイン　おおの蛍（ムシカゴグラフィクス）

ISBN978-4-19-901125-2

犬飼ののの本

好評発売中

「氷竜王と炎の退魔師」

イラスト✦笠井あゆみ

偉大な暴君竜の息子なのに恐竜化できない劣等感、双子の弟への抑えきれない思慕——。しがらみを断ち切ろうと全寮制男子校に入学した慈雨《じう》。しかも水棲型竜人だという秘密は、誰にもバレてはいけない——。そんな慈雨と同室になったのは副寮監のルカ。一見穏やかな微笑を湛えた学園の王子様で!?　空気を凍らせ水を操る氷竜王と、悪霊退治のエクソシスト——異能力コンビの新シリーズ登場!!

犬飼ののの本

好評発売中

「暴君竜を飼いならせ」

イラスト✦笠井あゆみ

この男の背後にある、巨大な恐竜の影は何なんだ…!?　通学途中に事故で死にかけた潤《じゅん》の命を救ったのは、野性味溢れる竜嵜《りゅうざき》可畏《かい》。なんと彼は、地上最強の肉食恐竜・ティラノサウルスの遺伝子を継ぐ竜人だった!!　潤の美貌を気にいった可畏は「お前は俺の餌だ」と宣言!!　無理やり彼が生徒会長に君臨する高校に転校させられる。けれどそこは、様々な恐竜が跋扈《ばっこ》する竜人専用の全寮制学院だった!?

犬飼ののの本

好評発売中

「翼竜王を飼いならせ」

暴君竜を飼いならせ2

イラスト✦笠井あゆみ

天空を優美に舞う、純白の翼のプテラノドン——。竜人専用の全寮制学院に、異色の転入生が現れた!!　生徒会長で肉食恐竜T・レックスの遺伝子を継ぐ竜寄《りゅうざき》可畏《かい》の父が育てた、アメリカ出身のリアム——。T・レックスに並ぶ巨体に飛行能力を備えたキメラ恐竜だ。思わぬライバルに可畏は初対面から苛立ちを隠さない。しかも輝く金髪に王子然とした姿で「可畏と別れてください」と潤《じゅん》を脅してきて!?

犬飼ののの本

好評発売中

「水竜王を飼いならせ」

暴君竜を飼いならせ3

イラスト✦笠井あゆみ

暴君竜の可畏《かい》が嫉妬で暴走!! 潤《じゅん》の親友を手にかけて姿を消した──!? 呆然とする潤の前に現れたのは、兄弟校、彗星学園の生徒会長・蛟《みずち》!! 地上最大の両棲恐竜スピノサウルス一族の長だ。水竜人の弟妹を可愛がる蛟は、優しく世話焼きで可畏より遥かに人間くさい。しかも暴君竜を少しも恐れず潤を口説いてきて!? 凶暴な本能に支配された可畏を信じ続けられるのか──二人の愛と絆が試される!?

犬飼ののの本

好評発売中

「双竜王を飼いならせ」

暴君竜を飼いならせ4

イラスト✦笠井あゆみ

欧州を手中に収めた竜王が、アジアの覇王・可畏《かい》の座を狙っている!? 各国のVIPが集う竜《りゅう》嵜《ざき》家のパーティーに現れたのは、ギリシャ彫刻のような美貌の双子の兄弟――イタリアマフィアの御曹司・ファウストとルチアーノ!! 「この子、気に入ったな。このまま連れて帰れない?」凶暴で好色なリトロナクスの影を背負う双子は、潤《じゅん》の美貌と水竜の特殊能力に目をつけ、可畏と共に攫おうとするが…!?

犬飼ののの本

卵生竜を飼いならせ
NONO INUKAI PRESENTS
犬飼のの
イラスト◆笠井あゆみ
潤の体内に、二つの卵の影——
可畏との新しい生命が宿る!?
キャラ文庫

好評発売中

「卵生竜を飼いならせ」

暴君竜を飼いならせ5

イラスト✦笠井あゆみ

竜人界を統べる王となり、潤《じゅん》を絶対不可侵の王妃にする——。双竜王を倒し、改めて潤を守り切ると誓った可畏《かい》。ところが潤は双竜王に拉致されて以来、断続的な胃痛と可畏の精液を飲みたいという謎の衝動に駆られていた。翼竜人リアムの血を体内に注射されたことで、潤の体が恐竜化し始めている…!?　心配する可畏だが、なんと潤の体に二つの卵——可畏との新しい命が宿っていると判明して!?

犬飼ののの本

好評発売中

「皇帝竜を飼いならせI・II」

暴君竜を飼いならせ7

イラスト✦笠井あゆみ

全世界の竜人を束ねる組織のトップは、毒を操る皇帝竜!!　しかも千年の昔から生き続け、誰もその姿を見た者はいない謎の巨大恐竜らしい!?　潤《じゅん》と双子の出頭要請を断ったことで、組織に拉致されるのを警戒していた可畏《かい》。心配と焦燥を募らせる中、潤が憧れるロシア人カリスマモデル・リュシアンとの競演が決定!!　厳戒態勢を敷く可畏の危惧をよそに、新ブランドの撮影が行われることになり!?

犬飼ののの本

好評発売中

[暴君竜の純情]

暴君竜を飼いならせ番外編1

イラスト✦笠井あゆみ

恐竜の血を輸血され、特殊能力に目覚めた高校生・潤《じゅん》と、超進化型Ｔレックスの遺伝子を持つ可畏《かい》との、刺激的な学院生活――。竜人入り乱れる球技大会や、映画館貸し切りのデート、可畏に抱かれる潤を熱を孕んだ視線で見つめるお付き竜――これまでに発表された掌編を完全網羅した番外編集第一弾!!　水竜王・蛟《みずち》と潤の親友・森脇《もりわき》との運命的な邂逅「人魚王を飼いならせ」も大幅加筆で収録♡

キャラ文庫最新刊

氷竜王と炎の退魔師②

犬飼のの

イラスト✦笠井あゆみ

恋人同士は同室になれない!? ルカと両想いになったのに、寮則に悩まされる慈雨《じう》。そんな折、学園内でまたしても幽霊騒ぎが起き!?

蒼穹のローレライ

尾上与一

イラスト✦牧

戦後十八年目のある日、三上《みかみ》の元に一通の封筒が届く。そこには、戦死した零戦のパイロット・浅群《あさむら》に関する内容が書かれていて…!?

入れ替わったら恋人になれました

川琴ゆい華

イラスト✦高久尚子

バイト先の常連客の櫂成《かいせい》に、密かに片想い中の蒼依《あおい》。ある日、街中で事故に遭い、居合わせた櫂成の恋人と身体が入れ替わってしまい!?

3月新刊のお知らせ

栗城 偲　イラスト✦麻々原絵里依　[推しが現実《リアル》にやってきた(仮)]

神香うらら　イラスト✦柳ゆと　[事件現場はロマンスに満ちている②(仮)]

3/27（水）発売予定